MARIO PRATA
O DRIBLE DA VACA

1ª edição

EDITORA RECORD
RIO DE JANEIRO • SÃO PAULO
2021

CIP-BRASIL. CATALOGAÇÃO NA PUBLICAÇÃO
SINDICATO NACIONAL DOS EDITORES DE LIVROS, RJ

P924d   Prata, Mario
           O drible da vaca / Mario Prata - 1. ed. - Rio de Janeiro :
           Record, 2021.

           ISBN 978-65-5587-290-3

           1. Ficção brasileira. I. Título.

                                                               CDD: 869.3
21-70599   CDU: 82-3(81)

Leandra Felix da Cruz Candido - Bibliotecária - CRB-7/6135

Copyright © Mario Prata, 2021

Design de capa: Leticia Quintilhano
Foto do autor: Maria Luísa Massolini Stodieck

Todos os direitos reservados. Proibida a reprodução, armazenamento ou transmissão de partes deste livro, através de quaisquer meios, sem prévia autorização por escrito.

Texto revisado segundo o novo Acordo Ortográfico da
Língua Portuguesa.

Direitos exclusivos desta edição reservados pela
EDITORA RECORD LTDA.
Rua Argentina, 171 – Rio de Janeiro, RJ – 20921-380 –
Tel.: (21) 2585-2000.

Impresso no Brasil

ISBN 978-65-5587-290-3

Seja um leitor preferencial Record.
Cadastre-se em www.record.com.br
e receba informações sobre nossos
lançamentos e nossas promoções.

EDITORA AFILIADA

Atendimento e venda direta ao leitor:
sac@record.com.br

Apaixonado por futebol, o ex-goleiro amador e escritor Albert Camus (1913-1960) via nesse esporte uma forma de alcançar sabedoria sobre a vida e os homens de maneira concreta e imediata, um contraponto ao idealismo isolado da realidade que, para ele, havia contaminado os intelectuais de sua época, levando-os a colocar as teorias acima dos seres humanos.

Camus escreveu:
— O que eu mais sei sobre a moral e as obrigações do ser humano eu devo ao futebol.

(Citado por M. M. Owen, na Ilustríssima)

Crescer vendo meu pai esperar a volta do Linense para a primeira divisão do Paulista fez com que eu compreendesse a dimensão épica do futebol; que entendesse que há forças e significados muito maiores do que se depreende dos reles números do placar ou da tabela.

Antonio Prata

Sempre tive a impressão de que os pés são a parte do corpo mais íntima e pessoal, e não os genitais, ou o coração, nem mesmo o cérebro — órgãos insignificantes e supervalorizados. É nos pés que se encontra todo o conhecimento sobre o ser humano, é para lá que flui todo o sentido fundamental daquilo que realmente somos e de como nos relacionamos com a terra. Todo o mistério — o fato de sermos compostos de elementos da matéria e, ao mesmo tempo, estranhos a ela, isolados — jaz no contato com a terra, em sua ligação com o corpo. Os pés são nossos pinos da tomada.

Olga Tokarczuk, *Sobre os ossos dos mortos*. Tradução de Olga Bagińska-Shinzato. São Paulo: Todavia, 2019.

Am I so round with you as you with me,
That like a football you do spurn me thus?
You spurn me hence, and he will spurn me hither:
If I last in this service, you must case me in leather.

Serei, acaso, redondo assim, para me dardes ambos pancada sem parar, como se eu fosse bola de futebol? Sem mais nem menos, me aplicais pontapés. A durar isso, tereis de me mandar forrar de couro.

William Shakespeare, *A comédia dos erros*, ato 2, cena 1, 1594. Tradução de Celso Márcio Teixeira.

(*Thanks*, Ubiratan Leal, da revista *Trivela*.)

O humor significa o auge de qualquer ficção ou de qualquer arte, no sentido da sublimação do sublime, da efervescência do fervor ou da originalidade do original.

É um passo à frente de qualquer vanguarda, que se arrisca ao hermetismo da própria linguagem, ao desconhecido, ao inefável.

É o caso de Finnegans Wake, *por exemplo. Estou apenas tentando justificar meu total apreço pelo humor como forma de arte, mesmo partindo de uma pequena experiência como* O púcaro búlgaro.

Texto inédito do ateu Campos de Carvalho escrito no começo de abril de 1998, dias antes de sua morte no dia 10, na Sexta-Feira Santa.*

---

* O motorista do carro fúnebre que levou o corpo até o crematório em São Paulo se chamava Jesus. Antonio Prata é testemunha.

Com este livro, escrito em 2020, o autor comemorou sessenta anos no ofício de escrever.

Sumário

Prefácio de Juca Kfouri   17

Primeira etapa

1. Pisando na grama   25
2. O convite   31
3. Na sala do fumo   37
4. Deus salve a rainha   51
5. No portão da universidade, onde tudo começou   57

Interfácio   67

6. Primeiras providências   71
7. As primeiras pesquisas   77
8. Com Finnegans Wake (e com medo)   85
9. *A fucking great idea*   91
10. Voltando a Londres   97
11. No bar do Hotel Bertram, Sarah Emily   99

12.	Com o jardineiro Mr. Silver	107
13.	Bate-bola com "as crianças"	111
14.	Começando o espetáculo	115
15.	O que veio primeiro, a bola ou a trave?	123
16.	A bola do *signore* Giuseppe	129
17.	Charles e Lili	139
18.	John e Sarah, segundo encontro	143
	Uma bomba caiu no capítulo 19	149
20.	A despedida	155

Segunda etapa

21.	À beira do gramado, um senhor falante	165
22.	A origem das espécies e o príncipe nas origens	169
23.	Miss Dietrich recebe Miss Davies	183
24.	Sarah Emily Davies conhece Charles Laughton	189
25.	Sexto mandamento	195
26.	Pergunta íntimo-religiosa	203
27.	A folha amassada	209
28.	A epidemia em Londres começa a acabar	215
29.	O dia em que fiz o convite a Little King	217
30.	As bolas de Cappottani	221
31.	As traves e o travessão	229
32.	As péssimas missivas de Finnegans	237

33. O mórbido silêncio 245
34. E surgem as redes 249
35. Surgem os gandulas 253
36. Um inverno proveitoso para 1860 259
37. Uma aula de lorde Laughton 267
38. Sir John Fielding III, o inacreditável 271
39. John e Sarah, de novo 281
40. Ideia histórica de lorde Laughton 287
41. Xapô, dólmã, avental, calça chef e sapato gourmet 295
42. Entrando em campo (+ ou −) pra valer 305
43. Um convite para um confronto difícil 313
44. De novo com mamãe Victoria 319
45. Cartas e últimos acertos para o 1º de abril 329
46. No camarote de Charles Laughton 333
47. A chegada dos oxfordianos 345
48. Com Sarah, naquela noite 351
49 Das novas estratégias 353
50. "Abrem-se as cortinas e começa o espetáculo" 359
51. O jogo 367

Os personagens 373
Agradecimentos 379

Prefácio

Juca Kfouri

Pense no que você sabe sobre a origem do futebol.

Do moderno e do antigo.

O inventado pelos ingleses e o atribuído aos florentinos e aos chineses.

Pense no tamanho do gol, na invenção da bola, em como foram criadas as regras, e perceba que nada é assim tão simples, como coisa dada.

Tudo tem uma explicação, às vezes pensada, outras vezes por acaso.

Mario Prata saiu em busca de conhecer os mínimos detalhes.

Custou anos de pesquisa. E de descobertas que nem sequer os britânicos conhecem tão detalhadamente.

Necessário estudar e imaginar.

Jamais transpiração e inspiração tabelaram tanto.

Da sala da maconha no palácio da rainha Victoria à banheira para significar o impedimento.

É impossível sair indiferente, se não estupefato, da leitura destas páginas, uma goleada literária como faz tempo não se via pelos gramados do mundo. E pelos campos de terra, também.

Prepare-se para rir, para se surpreender e para se confundir entre ficção e realidade.

O futebol precisava de uma obra assim, que passa pelo elementar de meu caro Watson, dribla Sherlock Holmes e Finnegans Wake, de James Joyce, num tremendo bate-rebate na zona do agrião.

1
John H. Watson

2   3
Charles Laughton — Miss Dietrich

4   5   6
Finnegans Wake — Rainha Victoria — Sarah Emily Davies

7   8   9   10   11
Ackroyd & Silver — Edward — Darwin — Fielding III — Maxwell*

Técnico: Leopold Bloom

---

* Acho que esse cara jogou no Brasil...

Primeira etapa

Escrevi este livro em 1894, num período que entraria para a história da literatura policial como O Grande Hiato. O que eu vou narrar aconteceu em Cambridge, Inglaterra, em 1859/60. Mais especificamente na universidade local, onde estudei Medicina e Educação Física. Na época, 1859, já formado e ainda bastante jovem, com 25 anos, dava aulas de Educação Física.

John H. Watson, Londres, verão de 1894

1. Pisando na grama

— Want-want![1] — gritei, e os pássaros voaram, deixando a terra e a grama livres para eu passar.

Estamos em 1859. Universidade de Cambridge, Reino Unido da Grã-Bretanha e Irlanda.

Eu estava indo atender a uma chamada do chanceler da universidade, lorde Laughton, o reitor Charles Laughton.

Neste gramado, até o século XIV, existia um deteriorado castelo que foi adquirido pela universidade logo após sua fundação em 1209 por ex-professores e ex-alunos da Universidade de Oxford, que dista uns 200 quilômetros dali.[2] Eles, professores e alunos

---

1. Quero-quero, o pássaro.
2. John H. Watson, o narrador, sempre escreve milhas e eu traduzo para quilômetros. Assim como usará muito pés e jardas e calcularei direto para centímetros, metros etc.

naquele século XIII, consideravam Oxford ortodoxa e conservadora. Aliás, até hoje, 1894, quando escrevo, não aceitam mulheres nem como alunas nem como professoras. Oxford, não Cambridge. Apenas para cultura geral: a Universidade de Oxford havia sido criada em 1096, em Oxfordshire.

A rivalidade entre as duas instituições persiste até hoje, oito séculos depois. É famosa a corrida de barco feita anualmente no rio Tâmisa entre os seus alunos. Hoje eu não sei, mas naquela época, quando eu dava aulas e aconteceu o que vou relatar, o placar estava quinze a quinze, uma vez que a competição havia começado em 1829.[3] E parava a cidade de Londres. Com sol ou chuva. Ou mesmo neve.

Eu estava falando do gramado que estava atravessando e que um dia foi um castelo. Depois de séculos de histórias de assombrações e fantasmas — fatos daquelas épocas, pouco instruídas — o castelo foi derrubado, sobrando apenas aquela banheira que está num canto ao lado do terreno, abandonada há séculos.

---

3. A última corrida aconteceu hoje, dia em que escrevo este rodapé, 16 de dezembro de 2019. Como disse Mr. Watson, que está narrando a história acima, a primeira corrida aconteceu em 1829. A partir de 1856, tornou-se anual. O placar, em 2020, estava 84 a 80 para Cambridge. Entre as mulheres, que começaram a competir em 1927, o placar é 44 a 30, também para Cambridge...

E fez-se o gramado. Como nas minhas aulas dou corridas, sei exatamente seu comprimento e largura: 100, 110 metros de comprimento por uns 40, 50 metros de largura.

Mais ou menos, na verdade.

Além da grama, temos cravinas, rosas adamascadas, goivos, bolsas-de-pastor, açafrão lilás, violetas roxas, rosas silvestres, agrião-do-prado e manjericão.[4]

Dali onde estava, eu via em sua janela no primeiro andar do prédio da administração geral, o chanceler.[5]

Entrei no prédio para atender lorde Laughton.

No momento em que escrevo, em 1894 — quase no século XX —, tenho 55 anos e vivo numa fase da literatura que será conhecida como o Grande Hiato.[6]

Sim, sou o dr. John Watson, do "elementar, meu caro Watson", colega, amigo e colaborador de Sherlock Holmes, que morreu no final da aventura por

---

4. Obrigado, Oscar Wilde.

5. Uma explicação: o chanceler (o nosso reitor) de uma universidade inglesa é sob todos os aspectos como um rei ou rainha. Quem manda mesmo é o vice-chanceler, assim como o primeiro-ministro do rei ou rainha.

6. O período ficaria conhecido como o Grande Hiato porque Conan Doyle matou Sherlock Holmes em 1893, mas o ressuscitou em 1903, no conto "A casa vazia", antes que ele e Watson morressem de fome. Neste período de dez anos, entre outras coisas, Mr. John H. Watson escreveu o livro que você está lendo. Eu apenas traduzi e fiz os rodapés.

mim narrada em O problema final, *publicado no ano passado, 1893, embora a história se passe em 1891. Nela, Sherlock e seu arqui-inimigo Moriarty morrem abraçados (brigavam), caindo nas cataratas de Reichenbach. Não tendo mais o que escrever sobre meu herói, resolvi narrar minhas próprias memórias do tempo de Cambridge. Passo as noites escrevendo aqui na casa que herdei em Londres, no famoso endereço, 221B, Baker Street, ao norte do Tâmisa, olhando para a escrivaninha vazia de Sherlock. Meu editor, Sir Conan Doyle, gostou muito da ideia.*

Você poderá me perguntar por que resolvi escrever o livro que agora está lendo. Em primeiro lugar, porque eu estava lá, participei da jogada. E, em segundo lugar, e muito mais importante, porque passei os últimos 25 anos da minha vida escrevendo histórias do Sherlock Holmes. Não aguentava mais aquilo...

Então resolvi contar a minha aventura. Sem nenhum mistério... Mas com muita ação.

Passei por um longo corredor a caminho do gabinete do chanceler. Bati à porta. Miss (apesar de velhinha) Dietrich, com um sorriso encantador, abriu a grossa porta de mogno.

— Bem-vindo, dr. Watson!

Era uma mulher de cabelos brancos, esguia, nariz aquilino, como dizem os romancistas policiais, porém delicada, vestindo luvas e trajada com elegância. Seu vestido era liso e bege com tons de cinza, sem enfeites. Na cabeça havia um pequeno chapéu meio cinza com uma pena branca de um lado, como diria Conan Doyle.

Dizia-se, na época, que seria concubina de lorde Laughton. Mexericos, como se dizia. Eu achava. Que sim.

Entrei.

2. O convite

Lorde Charles Laughton esparramava sua vasta barriga — que alcunhava de abdômen — numa luxuosa poltrona ao lado da biblioteca. A sala tinha altos painéis de lambris tintos em verde-oliva, frisos creme, teto de gesso, carpete de feltro, pós de tijolo e tapetes persas de seda com franjas compridas, como diria Oscar Wilde. Ele folheava uma edição ilustrada de *Manon Lescaut* e os dedos se mexiam com um longo corta-papel de casco de tartaruga.

— Aguardemos o professor Wake, pois o assunto é com os dois — disse o chanceler.

Tossiu e bebericou o chá. Miss Dietrich entrou, sem bater, na pequena biblioteca particular do decano.

— A carruagem deve chegar às sete da manhã, milorde.

— Obrigado, Lili, perdão, Miss Dietrich.

Ela assentiu com um sorrisinho e, ao se retirar, disse:

— Posso marcar a partida para as oito?

— Sim, sim.

Ouvimos alguém batendo à porta principal.

— Deve ser Wake — falei.

— Atrasado — sorriu o decano. — Como todos os irlandeses.

Entrou Wake, magro, alto, um fino bigodinho, terno cinza, com um sorriso sério e enigmático. Tirou o seu inseparável chapéu de feltro cinza, quando não está de boina portuguesa. Ajeitou a gravata-borboleta. Estava meio sem graça.

— Sente-se, professor.

— Com sua licença, milorde. Tudo bem, Watson?

— Curioso.

O chanceler me estendeu um envelope. Vi que se tratava do palácio real. Pensei na responsabilidade de ter um envelope real nas mãos.

— Abra e leia. Depois passe para o professor Wake.

Lemos e devolvemos. Eu mal poderia imaginar que aquela cartinha, pouco mais de um bilhete, iria mudar o mundo dos esportes em tão pouco tempo.

A rainha Victoria[7] convidava o lorde para uma conversa sobre o filho dela, Albert Edward, seu futuro sucessor, e sobre "desportes em geral". E terminava dizendo: *Deus salve a rainha.*

— Bem, os senhores já perceberam que chamei os dois aqui para convidá-los a me acompanhar a Londres amanhã. Afinal, são meus dois professores de Educação Física e treinadores.

Fiquei encantado. Só conhecia o palácio por fora e nunca tinha visto a rainha. Nem de longe. Estava intrigado:

— Aceito o convite, encantado.

— Nem sei se mereço tanto — disse o professor Wake. — Como está a epidemia do cólera em Londres? Dizem que já morreram mais de 10 mil pessoas.

Senti que lorde Laughton ficou meio aéreo com a conversa sobre a epidemia.

— A última informação é que está com os dias contados. Em todo caso, passem no prédio da Medicina e peguem máscaras se se sentirem mais seguros. Certo? Não há mais perigo. Partimos às oito. Em ponto, professor Wake!

---

7. A rainha Victoria foi a monarca britânica com maior tempo de reinado, 64 anos (1837 a 1901), até sua tataraneta Elizabeth II bater seu recorde, mais de um século depois, há alguns anos, em 9 de setembro de 2015.

— Se me permite uma pergunta, lorde Laughton.
— Todas que quiser — gritou. — Miss Dietrich!

Ela não demorou nem dois segundos, lépida. Apaixonada, pensei naquele momento com os meus botões, para usar uma expressão da época. Dois velhinhos. Parei de pensar no assunto porque meus pensamentos estavam indo longe demais.

— Escocês, três copos e muito gelo! Vamos brindar à rainha!

— Yeah!

Ela saiu, acho que o chanceler não gostou muito daquele "yeah" tão íntimo. Dirigiu-se a mim:

— Qual é a pergunta, meu jovem?

— Ah, sim. O convite diz que o encontro será na Sala do Fumo. A rainha fuma?

As mulheres de meados do século XIX não costumavam fumar.

— Só maconha — respondeu o chanceler, como se aquilo fosse o fato mais comum do mundo, corriqueiro.

Eu e Wake nos olhamos.

— Sua Majestade diz que usa maconha como remédio para suas horríveis cólicas menstruais.

Wake:

— Verdade?

— Conheço bem a nossa rainha. Ela gosta! Reúne as esposas dos ministros na Sala do Fumo e cuidam da saúde — ri. — Preparem-se, porque, se ela oferecer, vocês, por favor, aceitem! Não me façam passar vergonha.

Miss Dietrich entrou com o uísque, um balde de gelo e quatro copos.

— Se me permite, milorde, se é para brindar à rainha, também faço questão — assanhou-se Miss Dietrich.

Só neste momento lorde Laughton se levantou, com certo esforço, da poltrona, balançando a pança.

— Sou obrigado a concordar com a senhorita.

Ela deu aquele sorrisinho para dentro, encerrando uma risada que não teve começo.

E ele encheu os copos.

— Miss Dietrich, prepare três máscaras para nós. Do cólera. Mande pedir na Medicina.

Ela fez que sim com a cabeça e saiu. Lorde Laughton continuou:

— Não gosto nem um pouco de ir a Londres. Sempre que possível, evito. Agora trata-se da rainha e a companhia vai ser boa. Mas não gosto de ir lá. Fora a epidemia... Os londrinos, além de arruinarem a língua inglesa, não se ocupam senão com modas e bobagens de aristocracia, passeios a Bond Street e outros lugares do mesmo gênero — deu um gole. — Sem contar que seu único fim é enganar a honestidade, e a sua ocupação, desprezar os provincianos,[8] entre os quais me incluo. Sou do Norte. Uma titica de uma cidade. Com sua dignidade. O lema da cidade é *Be Just and Fear Not*.[9] Extremo norte, grudadinha com a Escócia, aliás, de onde vem esse maravilhoso malte.

Bebemos o uísque escocês. Algumas doses.

Eu tinha certeza de que não conseguiria dormir naquela noite.

Eu era um garoto de 25 anos que iria beijar a mão da rainha da Inglaterra... Céus! Sherlock não acreditaria. Mamãe, então...

---

[8]. Obrigado ao mais popular escritor inglês da época vitoriana, Charles Dickens. E a José Sarmento e Paulo Soriano, os tradutores.
[9]. Ser justo e não temer.

3. Na sala do fumo[10]

Levamos, eu, Wake e lorde Laughton, mais de quinze minutos para atravessar o imenso jardim dos fundos do Palácio de Buckingham, em Westminster, Londres. Usávamos máscaras, assim como os empregados do palácio. O cólera estava indo embora neste finzinho de década de 1850. E lorde Laughton, enquanto admirava aquela flora maravilhosa, lembrava-se do auge do cólera — há uns dez anos — consternado.

— As aulas foram suspensas, os alunos foram para suas cidades de origem e nós ficamos em quarentena. Perdi dois colegas do tempo da *secondary school*. Achava que o bichinho estava se aproximando. Eu já tinha mais de 60 anos, diabético. Era tudo

---

10. Sim, existe uma sala para fumar maconha no palácio. E foi construída e decorada pela rainha Victoria. Sim, uma sala vitoriana.

o que as bactérias queriam. Quando morreram os dois colegas, comecei a me sentir como se houvesse um quadro com os desenhos de todos os alunos da minha turma e um de nós tivesse resolvido matar, um a um, todos os outros. Era uma lembrança que me levava há mais de quarenta anos. A bactéria do cólera escolhera aquela turma, pensava eu. Assim que morreu o terceiro tive certeza de que era o próximo. O assassino estava de olho em mim. Por que eles e não eu? Eu acordava diariamente e ficava espantado de estar vivo. Segurava a mão da minha esposa. A pergunta já não era quando o "assassino" voltaria a atuar, mas quem seria a próxima vítima. Fiquei quase três meses com minha esposa, Annabel, enclausurado. Ela pegou disenteria e em uma semana estava morta. 7 de outubro de 1849. Era outono... Depois eu viria a saber que Edgar Allan Poe havia morrido no mesmo dia. Duas pessoas inesquecíveis. E ainda no mesmo dia, 7 de outubro de 1849, foi publicado o poema "Annabel Lee", de Poe — completou, olhando para a orquídea. — Não é uma triste e belíssima coincidência?

Charles Laughton estava com os olhos cheios de lágrimas.

Eu e Wake, que não sabíamos daquilo porque nem estudávamos ainda em Cambridge, quase ao mesmo tempo dissemos:

— Meus sentimentos, milorde.

E ficou um silêncio desagradável. Lorde Laughton se aproximou de uma orquídea, a acariciou e sorriu. E mudou radicalmente de assunto.

— Um dos nossos ex-alunos, Charles Darwin, um grande entusiasta das orquídeas, foi ridicularizado por seu colega naturalista Thomas Huxley[11] quando descreveu corretamente como a espécie *Catasetum saccatum*, que é esta aqui — disse, alisando a flor —, lança o seu saco de pólen viscoso na direção dos insetos.[12] — Ele contemplou o jardim. — É o maior e mais belo jardim de toda a Inglaterra — nos informou o sentimental lorde Laughton, com a sabedoria de um reitor, como se a orquídea o fizesse esquecer a esposa. Ou lembrar.

— O senhor não conhece os jardins de Dublin! — retrucou Wake com seu sotaque irlandês e uma certa inveja.

---

11. Que, depois, ficaria conhecido como "o Buldogue de Darwin", por defender ferrenhamente a evolução das espécies.
12. Obrigado, Veridiana Franco, da revista *Planeta*.

Ele foi cortado pelo reitor, que, apontando o palácio imenso e ignorando o irlandês, continuou:

— Setecentos e setenta e cinco cômodos!

Entramos.

Uma espécie de mordomo real com uma roupa carnavalesca, multicolorida, tendendo ao vermelho, com um cabelo esquisito, como se tivessem colocado pequenos preguinhos no lugar dos pelos, se inclinou para nos cumprimentar e fez um sinal com o braço para que o acompanhássemos.

Quanta suntuosidade, meu Deus! Eu jamais havia visto uma parede parecida. Os corredores, ah, os corredores, com um amplo uso de cores brilhantes, *scagliola*, lápis-lazúli e rosa. Passamos por salas de recepção decoradas em estilo chinês. De repente um salão de bailes, majestoso, e a Grande Escadaria. Subimos, passamos por vestíbulos e longas galerias no novo estilo vitoriano (que tinha começado havia poucas décadas), em creme e dourado. Mamãe adoraria aquilo tudo. De repente, uma portinhola com uma pequena placa de prata, com letras vermelhas, encravadas em rubi:

POT
Cannabis Smoking Room

O carnavalesco abriu a porta, nós passamos e ele a fechou, ficando do lado de fora, provavelmente no corredor, como um guarda.

O carpete era preto e âmbar, grosso ao ponto de nossos pés desaparecerem dentro dele. Duas peles de tigre confirmavam a ideia do fausto *cannabis*/oriental, bem como um narguilé num canto da sala. A lâmpada de prata pendurada do teto — apesar de ser dia — no formato de uma pomba ficava suspensa no meio da sala por um fio dourado. Enquanto queimava, enchia a sala com um cheiro delicado e ameno, como um incenso. Ao fundo, uma imensa prateleira de madeira bem clara com uma variedade inacreditável de compotas e bombons. Estávamos mesmo numa sala para se fumar maconha. Num canto, uma imensa gaiola toda prateada com um papagaio calado. De Java, o papagaio! (Fiquei sabendo depois.)

Entra o carnavalesco, agora com máscara, vai até o papagaio, coloca sementes numa canequinha dentro da gaiola, volta até a porta, olha para fora, vira-se de novo para nós, anuncia:

— Sua Majestade, a rainha do Reino Unido da Grã-Bretanha e Irlanda, rainha Victoria.

E sumiu. O carnavalesco.

Só faltou um rufar de taróis. A porta se abriu e entrou, de supetão, como se estivesse com pressa, ela, Victoria, rainha da Inglaterra! Sem máscara.

Baixinha, rosto bem ovalado, 1,49 metro. E sem salto alto. Nariz adunco como o de uma ave, batom bordô. Estava sem máscara. Exatos 40 anos. Hoje, quando escrevo estas memórias, ela continua no trono, fumando e reinando. Está com 75 anos quase no final do século XIX. E continua com o mesmo entusiasmo. Levemente *dégradé*, diria Oscar Wilde depois de uma temporada parisiense.

Nós nos inclinamos, em reverência. Ela fez um sinal com a mão para nos sentarmos. Lorde Laughton abaixou a máscara — e nós também — e nos apresentou. Levantamos e beijamos sua mão fria, com medo da bactéria do cólera. Discreta e imediatamente ela passou um lencinho de seda no local. Pensei em mamãe de novo. E ela deve ter pensado na bactéria. O povo ainda estava assustado com o devastador efeito do cólera nesta última década.

— Fiquem à vontade. Desculpem pelo pequeno atraso, fiz uma visita às drogarias e padarias de Londres agora à tarde.[13]

---
13. Não sei quanto tempo a piadinha ridícula vai durar...

Nós três, mui sutilmente, nos olhamos.

— Espero que tenham feito boa viagem na carruagem real.

— Excelente, Majestade, excelente. Ainda não conhecia o sistema de amortecedores. Excelentes, Sua Majestade.

— São pneus! De borracha!

Acho que ninguém sabia o que eram os tais pneus, então ficamos quietos.

— Bebem, fumam? Um chá?

O lorde nos olhou como se perguntasse, mas nenhum de nós se manifestou.

— Os jovens não querem um bom fumo?

Wake deu uma tossidinha. E perguntou, como se fosse um *habitué*:

— É fumo do continente, Majestade? Ou da Índia?

— Da Índia, Mr. Wake. Excelente!

— Obrigado, não fumo.

Eu gaguejei, então preferi levantar o dedo como a aceitar. Ela tocou uma sineta e chamou:

— Jonathan!

Jonathan, o carnavalesco, abriu a porta num átimo de segundo.

— Três da Índia, deschavados e enrolados. E quatro líquidos da Escócia. Com gelo nos copos. Gelos não adormecidos. De hoje!

Ele faz uma referência quase encostando a cabeça no chão e fecha a porta.

— Como vai Cambridge e a Universidade, milorde?

— Muito, muito bem. Felizmente a epidemia não nos atingiu como aqui em Londres.

— Aqui foi um horror, agora o bichinho está perdendo a força. As pessoas já estão voltando à rua e ao trabalho.

— Ótimo!

Enquanto ele falava as maravilhas da nossa universidade, aproveitei para observar bem a roupa dela, porque seria a primeira pergunta que mamãe me faria.

Claro que trajava roupas bem pomposas. Até demais. Tinha algumas tiras compridas e fofas de astracã que riscavam horizontalmente as mangas e a frente do casaco. Um manto azulado pelos ombros revestido de uma seda laranja forte e, preso ao pescoço, um broche feito de berilo flamejante. As pernas eram cobertas até a metade com botinhas enfeitadas com uma pele muito chique. Fora o chapéu de abas largas.[14] Um pouco de opulência para o meu gosto. Tinha pose, a nossa rainha baixinha.

Ela acendeu apenas um cigarro, deu duas tragadas, passou para lorde Laughton, que deu quatro tragadas, eu duas como a rainha, e Wake olhou e devolveu para um cinzeiro de prata, enquanto o carnavalesco batia na porta, entrava e servia os copos, já com gelo, de um uísque que eu nunca tinha visto na vida. Desceu macio como uma seda chinesa.

— Não vai mesmo fumar, Mr. Wake?

— Agradeço, Majestade, mas me faz mal para o estômago.

— Então é melhor não fumar mesmo. Guardem o cigarro de vocês para fumarem na volta. A paisagem vale a pena entre Bishop's Stortford e Cambridge, nessa época do ano.

— Sem dúvida, Majestade! — balbuciou nosso lorde Laughton com o lábio inferior já meio caído. Achei que o fumo tinha batido. Quatro tragadas com quase 80 anos não é para qualquer um. — E a Guerra do Ópio? Ouvi dizer que os chineses vão assinar o Tratado de Tianjin. Procede?

Sua Majestade foi logo ao ponto.

---
14. A descrição me lembra muito Conan Doyle...

— O senhor está bem-informado, lorde Laughton. Deixemos a guerra de lado.

O papagaio começou a comer as sementinhas, com voracidade. E a tartarear.

Ela parecia não querer o *conneries*,[15] como se diz no continente, e foi logo ao assunto.

— Milorde, meu filho Albert Edward, que estudava em Oxford, como o senhor bem sabe, acaba de ser expulso!

Nós três:

— Oh!..

— Conservadorismo de Oxford, como sempre. O pior é que o príncipe Albert de Saxe-Coburgo-Gota, meu esposo, e pai dele, concorda com a universidade. Meu esposo é um conservador convicto, como toda a Europa sabe muito bem.

— Se me permite interromper, o jovem Albert Edward foi expulso por quê, Minha Majestade, quero dizer, Vossa... Sua Majestade? — E deu mais um gole. — Estudava o quê?

Bateu nele. O fumo.

— Química e história. Sempre foi péssimo aluno. O problema com a reitoria de Oxford é que

---

15. Em francês, no original: papo furado.

ele compareceu a atividades militares na Irlanda determinado a ganhar alguma experiência bélica, mas na verdade passou toda a temporada com a atriz Nellie Clifden.

Finnegans (era o nome de batismo dele, no plural) Wake, que era irlandês, imprudentemente se intrometeu:

— Excelente atriz, excelente atriz.

Nossa rainha olhou com o rabo de olho para ele severamente e continuou como se não tivesse ouvido:

— ... que havia sido colocada no campo por seus colegas oficiais. O pior é que a levou para Oxford e alugou uma casa para ela. Foi um escândalo. Vocês sabem, atriz e meretriz, por um triz! — sorriu para Mr. Wake. — E o pior é que Albert Edward está prometido para a princesa Alexandra da Dinamarca, filha do príncipe Cristiano e sua cândida esposa Luísa de Hesse-Cassel. — Deu mais uma tragada e um gole. — Entenderam o abalo que deu nas casas monárquicas da Europa? Portanto, eu queria que o senhor o trancasse em Cambridge até ele abaixar o fogo, se me permite a expressão. E eu dou um jeito na atrizinha lá na Irlanda, sua terra, Mr. Wake. E nem pergunte como eu sei a origem do senhor. O sotaque é inconfundível — ofereceu o cigarro. — Alguém quer mais?

Todos negamos com a cabeça. Lorde Laughton:

— Já está matriculado! — e deu aquela tossida seca de reitor velho. — Está matriculado no Trinity College. Deixe o rapaz conosco.

O papagaio começou a dizer algumas palavras em inglês, que não dava muito bem para distinguir.

— Está chegando de Roma. Semana que vem ele se apresenta. Nem que seja à força. Lembre-se, lorde Laughton, estou encarregando o senhor do futuro rei da Inglaterra, Eduardo VII, como ele mesmo já se autodenomina, com 18 anos. Vamos ao segundo assunto. Isso é mais aqui com os jovens. Gostaram do fumo indiano? O papagaio de Java já está querendo falar, olha lá. Adora sementes de maconha.

Balançamos a cabeça concordando e, com medo de falar besteira, gaguejamos.

— Então vamos ao que interessa! Esportes! E espero que me entendam.

Olhávamos para ela. Engoliu um trago de uísque. Começou a falar.

P.S.: Vou ser obrigado a fazer um ligeiro adendo aqui. Realmente, em 1901, quando releio esse texto escrito em 1894, Albert Edward tornou-se o rei Eduardo VII, casado com a dinamarquesa Alexandra. Antes — e depois — era quase um maníaco sexual, tendo entre as suas amantes — dizem que foram mais de cinquenta — Henriette Rosine Bernard, conhecida mundialmente como Sarah Bernhardt, uma atriz francesa, considerada por alguns "a mais famosa atriz da história". Sarah era três anos mais nova do que ele. E Jennie Churchill, que veio a ser mãe de um garoto chamado Winston[16] nascido em 1874, quando Albert Edward tinha 33 anos. Dizem, também, que Alexandra sabia de tudo e o casamento era considerado feliz. Concluindo: ele foi mesmo bem recebido em Cambridge por todos nós.

---

16. A vida de Jennie Jerome Churchill, que foi recheada de aventuras amorosas e ambições financeiras e culturais, está retratada em *Os segredos de Lady Churchill*: a vida turbulenta de Jennie Jerome, mãe de Winston Churchill, de Charles Higham. Era uma mulher muito avançada para o final do século XIX. Como afirma Aina Pinto na edição da revista *IstoÉ* de 13 de janeiro de 2016: "De acordo com Higham, uma das provas do relacionamento com o candidato ao trono é que, durante a coroação dele como rei Eduardo VII, o nome de Jennie foi incluído na lista. Depois da morte de Randolph (seu segundo marido e padrasto de Winston), Jennie casou-se outras duas vezes, com homens bem mais novos. Mas suas aventuras não ficavam restritas à alcova. Além de influenciar o filho em suas decisões políticas, como a reforma penitenciária, Jennie também escrevia peças e editava uma revista literária. Entre os colaboradores estava o dramaturgo e amigo Bernard Shaw."

4. Deus salve a rainha

Sua Majestade começou a falar. Não se ouviu nenhum pio na sala. Apenas a voz dela, firme, quase discursiva. Enfim, real!

— Uma explicação e depois um pedido. A explicação: se tem algo, uma obrigação real, que me irrita profundamente, é aquela regata no Tâmisa, entre as universidades de Oxford e Cambridge. Geralmente chove. E muito. E não há bota que segure as lamas daquelas margens. Mesmo colocando o tapete vermelho, é um sacrifício. Ou faz um sol que sempre me pega com a vestimenta errada. E depois, todos os participantes, vencedores e vencidos, vêm me cumprimentar. Imundos, senhores. Imundos. Suados, sabe?

Tomou um gole do uísque. Aproveitamos a interrupção para dar goles. Percebi que os olhinhos de lorde Laughton estavam cada vez mais fechados. Acho que nunca havia fumado daquele fumo e ficava olhando as compotas, numa prateleira, bem à altura de seus quase cerrados olhos. Prestava muita atenção. Wake admirava a luminária de vela no teto, bem acima da rainha Victoria. Que deu mais um pequeno golinho.

— Já falei com o chefe do gabinete do primeiro-ministro Henry Temple, o visconde de Palmerston, que é lá da região de vocês, e é do Partido Liberal, e nem assim. Tudo bem, deixemos que eles remem. O segundo e principal assunto, o motivo que traz vocês até aqui, é outro esporte.

— Sim, Majestade — cortou o nosso chanceler.
— Qual?

— Um que não existe. Que vamos criar e que a Universidade de Oxford não vai ter nenhuma ideia do que seja. E que se passe em terra firme e não nas águas sujas do Tâmisa. Um esporte inusitado, espantoso, de equipe, com mais de dez participantes por agremiação, ou por sala de aula.

— Se me permite, Majestade.

— Pois não, professor Watson.

— Cada classe em nossa universidade tem apenas dez alunos.

— Com o professor, onze. É um bom número.

— Permita, Majestade — quase implorou nosso lorde.

— Sim.

— A senhora tem ideia do que seria? Pensou no assunto?

— Pensei apenas em chamá-los aqui. Um esporte que una os jogadores e estes com a torcida. Que o povo se apaixone. União e paixão!

De repente o papagaio de Java começou a delirar, gritar e a cantar o hino da Inglaterra.

A rainha se levantou e colocou a mão no peito. Nós fizemos o mesmo, imediatamente. E o papagaio:

Deus salve nossa bondosa rainha,
Longa vida à nossa nobre rainha,
Deus salve a rainha;
Que a faça vitoriosa,
Feliz e gloriosa,
Que tenha um longo reinado sobre nós
Deus salve a rainha.

Parou, taramelou um pouco e calou-se.

— Podem sentar-se. Ele só sabe a primeira parte.

Bateu a bengala no chão, o carnavalesco abriu a porta imediatamente.

— Sim, Majestade!

Sua Majestade despediu-se com um leve e real abaixar de cabeça:

— Jonathan, acompanhe os cavalheiros até a carruagem real.

Ia saindo, voltou.

— Meu filho. Albert Edward chega na próxima semana, já disse. — Parecia já meio fora da linha. — E lembre-se, lorde Laughton, trata-se do futuro rei do Reino Unido da Grã-Bretanha e Irlanda. Que, se não quiser mudar de nome, será Eduardo VII! Também já disse.

E aí foi-se de vez.

E voltou.

— Cada um pode pegar um pote de compota. Sugiro a de damasco, diretamente do Oriente Médio.

Os três agradecemos com acenos de cabeça, quase alcançando o chão.

— A larica é real — disse a rainha de todos nós e riu, surpreendendo todo mundo.

E sumiu.

E voltou mais uma vez para dizer:

— Estou lhes entregando meu filho, nosso futuro rei. Espero que me paguem criando um esporte digno de reis! E de todos os seus súditos.

Sorriu e saiu. De vez.

O papagaio começou a cantar em francês.

Nós três nos aproximamos da gaiola e fixamos os olhos nele, enquanto enchíamos os bolsos de compotas.

— Péssimo francês! — criticou o lorde.

— É de Java. O francês... — analisou Wake.

5. No portão da universidade, onde tudo começou

Eu pensei em escrever um capítulo inteiro sobre a volta de Londres para Cambridge, uma viagem que durou quase dez horas.

Lembro-me de que nosso reitor voltou a falar do poema "Annabel Lee":

— Poe descreveu seu amor por Annabel Lee, que começou há muitos anos em um "reino junto ao mar". Embora fossem jovens, o amor que sentiam um pelo outro ardia com tal intensidade que os anjos se tornaram invejosos. É por essa razão que o narrador acredita que o serafim tenha causado a morte de Annabel Lee. Mesmo então, seu amor é forte o suficiente para se estender além da sepultura, e o narrador acredita que as duas almas ainda estão entrelaçadas. Toda noite, ele sonha com Annabel

Lee e vê o brilho de seus olhos nas estrelas. Toda noite, ele se deita ao lado dela em sua tumba junto ao mar.[17]

Finnegans, que não havia fumado e bebera pouco, estava meio cabisbaixo e sorumbático, melancólico e meditabundo. Não prestou atenção à bela história de amor que lorde Laughton recordara.

— Algum problema, amigo? — perguntou lorde Laughton. — Não quis a maconha, bebeu pouco...

— Isso me traz más lembranças, senhor — disse Finnegans meio baixinho —, dos meus tempos de Dublin. Deixa pra lá. Bobagens de adolescentes. Maconha, esse tipo de besteira...

Chegamos, já era alta a madrugada, com um chuvisco teimoso que nos acompanhava desde o jardim dos fundos do Buckingham Palace até Cambridge. Não vimos, portanto, as "belas paisagens" entre Bishop's Stortford e Cambridge.

Um capítulo inteiro para contar o que se passou com o nosso lorde Laughton, que me confessou, na manhã seguinte, que nunca havia fumado maconha. E ele se excedeu, não querendo recusar nenhuma oferta da nossa querida rainha. Porque se eu for

---

17. Wikipédia pura.

minuciar e descrever toda a viagem, estarei me afastando das intenções primordiais deste livro, que, sabe-se lá, um dia será lido por alguém. Será uma aventura muito jocosa — para usar uma expressão daquela época, cáspite! Posso até dizer que a frase que ele mais disse nos cento e tantos quilômetros foi "não estou sentindo nada", enquanto se lambuzava de compota de damasco. E é claro que nem eu nem o professor Wake poderíamos rir. Por respeito. Idade dele e tudo mais. E, o mais importante, por Annabel. A dele e a do Poe.

Eu e Wake marcamos um encontro para o dia seguinte, ao final das aulas, depois que o sol se pusesse, no pub Eagle and Child, fundado no século XVII e um dos maiores de Cambridge, no lado norte da Bene't Street, número 8, de propriedade da Corpus Christi College e gerenciado pela cervejaria Greene King, uma das melhores da época, final dos anos 1850. Ele continua aberto até hoje, bem perto da universidade. Estou esmiuçando as informações para você entender a importância que este pub tem para a nossa história.

Cheguei antes de Wake, peguei uma Guinness tirada na pressão, ligeiramente fresca. Paguei. E beliscava uns pedacinhos de nabo no azeite e sal. O local estava muito bem iluminado, com duas velas em cada mesa.

Quando ele chegou, eu estava distraído olhando uns rapazes, adolescentes, brincando em frente ao portão da universidade. Tanto que nem o vi entrar. Levei um pequeno susto quando ele falou.

— Está passando alguma mulher bonita na calçada? Dá para ver o calcanhar?

Virei-me, ri e nos cumprimentamos.

— Imagina. Estava vendo uns garotos brincando ali. O que vai beber?

Sentou-se à minha frente:

— Está boa a cerveja? Na temperatura certa?

— Desce que é uma manteiga. — Como estava vazio àquela hora, chamei o camareiro. — Philipe! Uma para o professor Wake e mais uma para mim, por favor. — E dei o dinheiro.

O rapaz veio, cumprimentou Wake com a cabeça.

— Tem azeitonas pretas? Gregas?

— Uma porção?

Pegou o dinheiro, deu o troco e saiu.

— Estou rindo até hoje com a alegria e ao mesmo tempo melancolia que o nosso adorável chanceler nos proporcionou ontem.

— Estive com ele hoje de manhã e confessou que nunca havia fumado.

— Que maravilha. Saiu-se muito bem. Aquela dança em frente da amendoeira! Com os olhos cheios de lágrimas e depois caindo na risada.

Eu já não estava mais ouvindo. Olhava para fora.

— Está aqui, Watson?

— Me desculpe. Sente-se aqui, Finnegans. Do meu lado. Venha ver uma cena.

Ele deu a volta, um gole na minha cerveja, estalou a língua e se sentou. Aproximou o ouvido da minha cabeça.

— Qual a fofoca? A universidade vai aceitar mulheres?

— Imagina. Olhe para aqueles dois rapazes e aquela garota brincando ali, enquanto vou pegar mais Guinness.

— Aqueles?

— Yeah.

Saí.

Quando voltei, o olhar de Finnegans Wake estava vidrado, literalmente. Acompanhando o que acontecia do outro lado da rua, logo ali, na nossa frente.

Uma cena iluminada pela lua cheia e os dois archotes no alto do portão. Jamais tivemos a intenção de dizer, nem eu, nem Wake, que fomos nós os inventores do tal esporte que Sua Majestade havia nos pedido. Vou dar o devido crédito: os garotos eram irmãos e se chamavam Pine Silver, Oak Silver e Grassy Silver, a garota que estava sentada no chão marcando o placar com um graveto era a irmã mais velha, a adolescente Grassy Silver. Um chutava[18] a bola e o outro defendia debaixo do portão da universidade. Às vezes a garotinha tentava tirar — com os pés — a bola de quem iria chutar. Quem chutava não usava as mãos. Nunca. E o que estava na porta, o porteiro, digamos assim, podia usar as mãos também. E era sempre do mesmo lugar que se chutava. Mais ou menos 10 metros, talvez um pouco menos. Ou mais.

Wake me olhou, eu olhei para ele, nenhum de nós dois falou nada, não era necessário. O óbvio estava na nossa frente, naquele começo de noite. Nos levantamos, sem nada combinar, fiz um sinal para o camareiro e fomos até o portão principal da universidade. A garota gritou:

— Olha os professores!

---

18. Watson, em sua narrativa, usa aqui pela primeira vez a palavra inglesa *shoot*, que significa atirar, lançar, mandar, arremessar. Nascia aqui, nesse texto, o neologismo chute, o verbo chutar.

Os três saíram em disparada. Só que, estabanados, esqueceram a bola. Nós ainda gritamos, dizendo que só queríamos conversar.

Finnegans chegou até o exato local de onde eles chutavam. Era sempre no mesmo lugar. Contou a distância. Eram onze passos bem dados até a porta[19] da universidade.

— Por que onze passos?

Peguei a bola e levamos para dentro do pub. Tínhamos certeza de que eles voltariam. Entramos e voltamos às cervejas. Chamei o camareiro e paguei mais duas cervejas. Ficamos examinando o objeto. Aquilo parecia pele de animal. Era o camareiro quem sabia de tudo:

— É bexiga de boi. Cheia de pano. Eles estão sempre aí. São filhos de Mr. Silver, jardineiro da faculdade.

— Então fique com isso. Eles vão voltar! Vão voltar, com certeza! Tome conta disso. Isso vale ouro. Eu falo com Mr. Silver, pode deixar.

Philipe olhou para a bola, balançou a cabeça sem entender nada, fez uma boquinha de menosprezo e saiu com a bexiga de boi. Ou vaca, jamais saberemos.

---

19. Até hoje, em alguns países, o gol, a meta, a trave, enfim, chama-se porta ou porteira. E o goleiro, porteiro.

Eu e Wake nos olhamos, boquiabertos.

— Que dia é hoje?

— 11 de novembro de 1859!

Anotamos num pedacinho de papel.

— Só falta resolver o nome. *Feetball* (pés e bola)?

— Ou *football* (pé e bola)? Wake, você conhece algum esporte coletivo feito apenas com os pés?

— Exatamente, Watson! Estava pensando... Nem coletivo, nem individual. Tênis, boxe, peteca, caça, corrida de barcos...

— Jóquei. Aquele esporte que foi inventado agora, o beisebol, golfe!

— Boliche, críquete!

— Esgrima!

— Até pingue-pongue!

— Meu Deus!

— *God save the Queen!*

— Corrida de barcos!

— Tiro aos pombos!

— Tiro com arco e flecha!

— Jogo de polo.

Os dois gritam:

— Cerveja para todo mundo! A cerveja vai ser a bebida oficial desse esporte. *Feetball* ou *football*!

É, o futebol estava querendo nascer! Num bar e com muita cerveja, surgia o primeiro e único esporte onde o uso dos pés não era proibido. Era obrigatório!

Tudo começou ali, naquela noite do outono de 1859, em frente ao portão da Universidade de Cambrigde.

— Philipe, você tem uma trena? Preciso medir um negócio ali fora.

— Tenho!

— E você sabe onde mora Mr. Silver, o jardineiro?

Philipe tirou uma trena de uma gaveta da parte interna do balcão.

— As crianças já mediram, professor.

— Quanto mede?

— Nem me lembro. Vamos lá.

E levantou-se com uma trena na mão.

Foram medir a largura e a altura do portão da Universidade de Cambridge.[20]

---

20. Não duvide. A metragem de um gol de futebol até os nossos dias é exatamente a mesma daquele velho e já centenário portão de madeira e tijolos. Ela é formada por duas traves (ou postes) verticais com 2,44 metros de altura e separadas por um poste (ou travessão) na horizontal com 7,32 metros. Medidas oficiais em jardas e pés. Oito pés por oito jardas.

Interfácio

Mario Prata

Eu sempre quis escrever um livro sobre futebol. De ficção. É complicado ficcionalizar algo que todo mundo conhece. Se o personagem central for um jogador, por exemplo, chamado Tainha, todo mundo sabe que nunca existiu. E em que time ele joga? Teria que criar também um time imaginário. E qual seria a graça?
Não.
Escrever a biografia de um jogador? Não tenho talento para biografias.
Sou apaixonado por futebol. Como diria um locutor, aficionado. Sim, escrevi um pequeno conto ("Palmeiras, um caso de amor") sobre um corintiano que se apaixona por uma palmeirense; virou até

filme, *O casamento de Romeu e Julieta*. Não saciou a minha vontade, não mostrava minha paixão de quase setenta anos.

Até que um dia, há uns três anos, resolvi procurar no Google o tamanho exato da trave. Nem me lembro o porquê.

Achei. Em jardas, pés e polegadas.

Consegui mais: a razão para aquele exato tamanho. Quinze minutos depois descobriria que as medidas eram idênticas à da porta de entrada principal da Universidade de Cambridge, na Inglaterra!

E aquilo não poderia ser uma coincidência, obviamente.

Foi quando comecei a viajar sobre a invenção do futebol. É real que foi criado ali em Cambridge, por dois professores de Educação Física, em 1859? Quatro anos depois, a invenção já havia se espalhado por quase todas as universidades inglesas. Principalmente para a arqui-inimiga Universidade de Oxford, a quase 200 quilômetros dali. Mas em cada lugar existia uma regra.

Em 1863, apenas quatro anos depois, em Londres, no dia 26 de outubro, uma segunda-feira, na Freemason's Tavern,[21] no distrito de Covent

---

21. A Taverna da Maçonaria foi aberta em 1860 e funciona até hoje como um templo enorme de maçons.

Garden, representantes de várias universidades e cidades inglesas se reuniram e fundaram o que seria uma espécie de FIFA de hoje, a F.A. (Football Association). O futebol passou a existir no Reino Unido da Grã-Bretanha e Irlanda, sob a tutela da rainha Victoria.

Com o tempo e em reuniões no mesmo bar, novas regras foram surgindo até o final do século XIX. O jogo continua o mesmo. Com as mesmas treze regras de 1863, com pouquíssimas adaptações.

Portanto, vou contar o que aconteceu entre a primeira ideia e a reunião na taberna. No período de quatro anos.

Por conhecer muito pouco a Inglaterra, recorri a vários escritores ingleses e irlandeses para roubar nomes de personagens, descrição de ambientes, roupas, fachadas de casas. Agradeço, portanto, *in memoriam*, a Arthur Conan Doyle, Charles Dickens, Agatha Christie, Oscar Wilde, James Joyce, Joseph Conrad e, acreditem, Shakespeare. Sarah Emily Davies também foi uma importante mulher do século XIX. E outros. Inclusive um americano que morreria exatamente cem anos depois, no dia 26 de março de 1959, Raymond Chandler.

Muita informação é real, como a rainha, a sala de maconha da rainha, a rivalidade entre as duas universidades já citadas, o inventor da bola como a que existe até hoje, formada por poliedros arquimedianos (inflados) com doze pentágonos e vinte hexágonos. Acreditem, por favor: a bola foi inventada no começo do século XVI. Portanto, mais de quatro séculos antes de existir o futebol. Não se espante, porque o mesmo sujeito inventou o paraquedas também quase cinco séculos antes do avião.

O cólera também é real. Assim como os dados sobre o desastre causado.

Em tempo: Londres, nos anos 1850, era a maior cidade do mundo ocidental e tinha 1 milhão de habitantes. E, pasmem, 450 mil veículos, puxados por cavalos ou simples seres humanos.

Cambridge tinha aproximadamente 29 mil habitantes. Hoje, tem 150 mil.

Na Universidade de Cambridge estudam hoje mais de 22 mil estudantes, sendo quase 12 mil na graduação e outros 10 mil na pós, incluindo aí perto de 5.500 estudantes internacionais de mais de cem países. Nove mil professores. São 31 faculdades, com uma média de setecentos alunos cada.

6. Primeiras providências

Quando o ponteiro do minuto se encostou no XII e o pequeno estava no V, a porta se abriu e entrou Miss Dietrich na sala de espera do chanceler com a bandeja e o chá. Foi Wake quem brincou:

— Na última reunião a produção estava bem melhor — disse, indicando com o queixo a bandeja. Miss Dietrich, esperta como sempre, entendeu.

— Hoje lorde Laughton quer apenas chá. Acordou com uma enxaqueca horrível, coitado.

Eu e Wake sabíamos o motivo: fora aquele chá de amora que ele havia feito questão de tomar na viagem de volta de Londres, em Great Shelford. Não foi a maconha, como ele deve estar pensando.

— Vai ser bom um chazinho.

Lorde Laughton saiu do seu escritório pela porta aberta:

— Venham tomar aqui dentro, jovens.

Entramos, nos sentamos, Miss Dietrich levou a bandeja até a mesa do chanceler, nos cumprimentou com a cabeça e saiu como um fio de fumaça.

— Antes de mais nada, rapazes, aquela maconha não deixou vocês com dor de cabeça? Acordei péssimo.

— Senhor, pode ter certeza de que foi o chá daquela cidadezinha de Essex. Na hora sentimos que estava requentado.

— Um horror — complementou Finnegans Wake, bebericando seu chá. — Não este, o outro — explicou. — Ruim mesmo.

— Por favor, quem vai falar?

Tomei a palavra, pois Wake estava com a boca cheia.

— Senhor chanceler. Temos uma ideia, ainda muito imatura. Pedimos uma licença para dispensa de nossas aulas por uma semana.

— Não entendo. Se a ideia ainda está imatura, por que já querem uma semana de licença?

Quem falou foi Wake:

— Senhor, precisamos de uma pesquisa básica de pelo menos uma semana nas bibliotecas da

Universidade de Cambridge e na British Library, a de Londres.

Eu retruquei:

— Como eu disse, a ideia para o esporte está ainda muito no nascedouro. E sabemos como a British Library, em Londres, é bem aparelhada, digamos assim, quando se trata de esportes em geral.

Finnegans Wake me socorreu.

— Tem um outro motivo forte, milorde. Temos um assunto para pesquisar. Mr. Watson ficaria uma semana na biblioteca em Londres e eu faria a pesquisa aqui. Achamos que em uma semana resolvemos.

— Não querem me adiantar nada? Não podem?

— Preferimos trazer algo mais completo, milorde.

Lorde Laughton tentou dar um gole no chá, quase cuspiu tudo.

— Miss Dietrich! Gelado!

Ela já trazia outro chá, fumegante.

— Eis a secretária perfeita!

Ela se ruborizou e se dirigiu a nós.

— Aceitam mais uma chávena?

Dissemos obrigado e ela se retirou.

— Você ia dizendo o quê, Mr. Wake?

— Sim. É melhor pesquisar também em Londres porque ficamos sabendo o que eles têm lá, em função do nosso projeto.

— E não querem me adiantar nada, ainda.

— Exato — falei. — Daqui a uma semana estaremos mais convictos. Eu vou para Londres, porque sou de lá, tenho amigos professores e...

— Está bem, está bem! Vocês têm substitutos para as aulas de Educação Física durante essa pesquisa sabática? — disse, sorrindo.

— Sim, está tudo certo.

— Muito bem, Mr. Watson, acerte com Miss Dietrich sobre reserva em uma estalagem, viagens e uma verba para as refeições. Já sabe: tem que trazer a nota e a universidade não paga bebida alcoólica. Máscaras. Não custa!

Nós dois nos levantamos, mas ele fez sinal para que voltássemos a nos sentar.

— Sobre a ervinha da rainha. Vocês têm certeza de que não dá dor de cabeça, nem enxaqueca?

Balançamos a cabeça para baixo.

Foi a vez dele se levantar e esticar a mão para se despedir.

— Ao saírem, peçam para Miss Dietrich entrar.

— Até daqui a sete dias, milorde.

Saímos.

*

O diálogo seguinte entre o chanceler e sua secretária foi-me contado depois por ela.

— Sente-se, Miss Dietrich.

— Com sua licença, milorde.

Ele aproximou um pouco o rosto por sobre a escrivaninha para falar baixo.

— Passei por uma experiência ontem em Londres muito interessante, minha jovem.

— É por isso que o senhor está com enxaqueca? E obrigada pelo "minha jovem".

— Em absoluto! Nada a ver com a enxaqueca.

Ele se levantou e ficou andando quase em círculos em torno da mesa e da secretária.

— Preciso contar para alguém e, como você sabe, não tenho com quem dividir o que se passa comigo, o que descubro e, às vezes, até o que esqueço.

— Bem, dividir com alguém o que esquece deve ser meio difícil.

— A senhora me entendeu. Não se faça de sabidinha.

— Desculpa.

— Ontem, Miss Dietrich, pela primeira vez na vida, aos 79 anos de existência... quer dizer, como adulto é um pouco menos, eu... Eu fumei maconha, Miss Dietrich! Ma-co-nha! E não me repreenda!

Ela ficou séria, olhando para ele. Ele sentou-se e pegou um cachimbo. Tirou um isqueiro do bolsinho do colete.

— E se alguma pessoa aqui na universidade, seja ela quem for, com a exceção dos professores Watson e Wake, ficar sabendo disso, a senhora considere-se morta — falou, pilheriando.

Silêncio torrencial na mognólica sala do reitor da Universidade de Cambridge, em 1859. Era outono, pelo menos. Ninguém falava nada.

— A senhora não vai falar nada?

Ela começou a rir, depois ele começou a rir.

— Fale alguma coisa, criatura.

— Fumo desde os 15 anos. Há cinquenta anos, certinho!

Ele se faz de pasmo.

— E nunca se viciou?

— Nunca! Desde 1809!

— Danadinha!

7. As primeiras pesquisas

Às oito da manhã estava eu esperando que o portão da British Library se abrisse. O sino da igreja católica ao lado bateu exatamente quando o portão principal da biblioteca se abriu. Eu havia combinado com Finnegans de pesquisar em Londres até a Idade Média, e ele de lá para cá, tudo que fosse possível sobre esportes com os pés ou algo parecido.

Entrei correndo, estava apertado e logo vi que os banheiros haviam mudado de lugar na última reforma. Informei-me e fui. Era o progresso. Agora estavam com umas instalações sanitárias vistosas! Todas aquelas cores, é o "acabamento de primeira", como dizem. Será que realmente funcionam quando a gente *puxa* a descarga? Ou *aperta*, que algumas são de apertar. Toda vez que visitamos a casa de um amigo, encontramos aqueles cartazes no banheiro:

"Aperte com força e solte", "Solte rápido". Antigamente, a gente dava descarga puxando a cordinha e imediatamente saíam cataratas de água, como dizia minha querida amiga Agatha Mary Clarissa Miller... Depois Christie.

Não precisei nem dos sete dias para encontrar tudo de que precisava. A biblioteca é mesmo sensacional. Curiosidades, algumas espantosas, que descobri:

Você não vai acreditar, mas a primeira leitura que fiz foi sobre a dinastia de Huang-ti, uns 2 mil anos antes de Cristo, na China. Os guerreiros costumavam chutar os crânios dos inimigos derrotados. Como gostaram do passatempo, quando não estavam em guerra, os soldados chutavam bolas de couro entre duas estacas de madeiras cravadas no chão. O esporte era conhecido como *tsu-chu*, que, em chinês, significa bola (*tsu*) recheada de couro (*chu*). Acredite se quiser, o *tsu-chu* foi criado para fins de treinamento militar por Yang-Tsé, integrante da guarda do imperador, na dinastia Xia, em 2197 a.C.

Não muito longe dali, no Japão, havia algo mais complexo, chamado *kemari*, ou "pontapear a bola". (*ke* é chutar e *mari* é bola.) O *kemari* é uma variação do *tsu-chu* com origem no Japão. Foi difundido pelos imperadores Engi e Tenrei, e era proibido qualquer contato corporal. O campo (*kakari*) era quadrado e em cada lado havia uma árvore, portanto quatro plantas: cerejeira, salgueiro, bordo e pinheiro. Os jogadores eram os *mariashi* (*mari* é bola e *ashi* é pé) e em número de oito. O jogo era mais um ritual religioso do que propriamente um esporte. Antes de se iniciar era realizada uma celebração para abençoar a "bola", que simbolizava o Sol e era feita manualmente com bambu.[22] Não tenho mais informações e confesso que não entendi nada.

Homero (928-898 a.C., morreu aos 30 anos), o grande poeta épico grego, quem diria, escreveu um livro chamado *Esferomaquia* (*Sphairomachia*) só sobre esportes com bola que, aliás, são usadas, as bolas, na maioria dos jogos e esportes até nossos dias.[23]

O livro descreve um esporte praticado com os pés, num campo retangular, por duas equipes de onze jogadores. Olha a coincidência, minhas classes têm dez jogadores — comigo, onze, como aliás já havia dito

---

22. Thanks, Google.
23. Homero Oppi (1928-2002) foi um grande zagueiro do Corinthians, de São Paulo, entre 1951 e 1958.

para a rainha. Só que naquele tempo, um século antes de Cristo, podia-se jogar até com dezessete atletas, dependendo do tamanho do campo. Isso tudo foi em Esparta, na Grécia. A bola era feita de bexiga de boi e recheada com ar e areia, devendo ser chutada para as balizas no fundo e a cada lado do campo.

Chegamos ao Império Romano. Por volta de 200 a.C. existia um jogo chamado *harpasto* (ou *harpastum*, em latim), disputado num campo retangular, dividido por uma linha e com duas linhas como meta. A bola, também feita com bexiga de boi (como a dos meninos da família Silver), era chamada de fole (*follis*). O *harpasto* era um esporte militar e podia durar até duas horas. Com a difusão do Império Romano ele foi difundido pela Europa, a Ásia Menor e o norte da África.

Vamos agora para a América. Entre 250 e 900 d.C., portanto durante 650 anos, na península de Yucatán, hoje México, os maias brincavam de um tal de *poktapok* com os pés e as mãos. No fim do campo havia dois templos, onde o atirador-mestre do grupo perdedor era sacrificado. Que horror! Se a rainha Victoria fica sabendo de uma barbaridade — literalmente — dessas...

E o que me interessou mesmo aconteceu em Florença. Talvez Finnegans tenha pesquisado isto também, porque foi no começo do século XVI, logo depois da descoberta do novo mundo, em 1492, por Colombo. Foi o *calcio*, um esporte florentino cujas regras foram criadas por Giovanni di Bardi mais ou menos na mesma época, arbitrado por dez juízes. A bola podia ser impulsionada pelas mãos ou pelos pés e precisava ser introduzida numa barraca armada no fundo do campo.

Os jogos duravam cinquenta minutos e eram jogados em um campo de areia de aproximadamente 80 por 40 metros. Uma linha branca dividia o campo em dois quadrados idênticos. Cada equipe tinha 27 jogadores e nenhuma substituição era permitida para jogadores lesionados ou expulsos. As equipes eram compostas por quatro *datori indietro* (goleiros), três *datori innanzi* (zagueiros), cinco *sconciatori* (meio-campistas), quinze *innanzi* ou *corridori* (atacantes). A tenda do capitão com o estandarte ficava no centro da rede do gol. Eles não participavam ativamente do jogo, mas podiam organizar suas equipes e ocasionalmente atuar como árbitros, sobretudo para acalmar seus jogadores ou parar as lutas.

O árbitro e os seis bandeirinhas oficializavam o jogo em colaboração com o juiz-comissário, que permanecia fora de campo. O árbitro, acima de todos os outros, era o Mestre do Campo, responsável por garantir que o jogo corresse bem, entrando em campo apenas para manter a disciplina e restabelecer a ordem quando ocorriam as lutas.

Um pequeno tiro de canhão anunciava o início do evento. O jogo começava quando o *pallaio* (árbitro) arremessava ou chutava a bola em direção à linha central. Em seguida ao primeiro apito, quando a bola repousava no campo, quinze atacantes ou *corredores* começavam a lutar, socando, chutando, dando rasteiras, atacando e combatendo uns aos outros em um esforço destinado a cansar as defesas dos adversários, que muitas vezes acabava em uma briga total. Eles tentavam fixar e forçar a submissão do maior número possível de jogadores. Uma vez que havia jogadores incapacitados o suficiente, os companheiros de equipe vinham com a bola e faziam o gol. Como se vê, simplíssimo.

O *calcio*. Considera-se que o esporte tenha começado na Piazza Santa Croce, em Florença. Lá, ficou conhecido como o *giuoco del calcio fiorentino* ("jogo de chute florentino"), ou simplesmente *calcio*.

O jogo pode ter começado como um renascimento do esporte romano *harpasto*.

O interesse pelo *calcio* diminuiu no início do século XVII. No entanto, em 1930, foi reorganizado como um jogo no Reino da Itália, sob a bênção do fascista Benito Mussolini. Foi amplamente jogado por amadores em ruas e praças com bolas artesanais de pano ou pele de animal.

Vamos agora ver o que Mr. Finnegans Wake tem para nos oferecer da biblioteca da universidade, em Cambridge. Depois iremos visitar os filhos do jardineiro Mr. Silver, Pine, Grassy e Oak, se me recordo bem os nomes.

8. Com Finnegans Wake (e com medo)

Primeiro coloquei na mesa tudo que havia conseguido em Londres, para o entusiasmo de Mr. Wake, nosso querido Finn.

— Maravilha — disse ele. — Material muito bom, Watson. Vamos ao que interessa, aqui no meu trabalho na nossa universidade. Antes de pesquisar sobre o assunto em séculos mais recentes, achei uma informação do ano 1195 que você não comentou. Foi o primeiro registro sobre algo semelhante a um esporte com os pés. Ou *feetball* ou ainda *football*. Um livro — leu num papelzinho —, *Descriptio Nobilissimae Civitatis Londinae*, escrito por William Fitzstephen, fala num jogo muito doido. Durante a *Schrovetide* (uma espécie de Terça-Feira Gorda), habitantes de várias cidades inglesas saíam à rua chutando uma bola de couro para comemorar a expulsão dos dinamarqueses. A bola, segundo o livro, simbolizava a cabeça de um invasor.

Como Wake parou a explanação, perguntei:

— Só tem esta informação no livro?

— Não tem mais nenhuma. Povinho bárbaro, hein? No século XVI existiu algo parecido com esportes com os pés. Também era muito violento. Tanto que o escritor — olha nos seus papéis — Philip Stubbes escreveu o seguinte, que é muito louco. Abre aspas. "Um jogo bárbaro, que só estimula a cólera, a inimizade, o ódio e a malícia." Fecha aspas. E era verdade. Eram comuns pernas quebradas, roupas rasgadas ou dentes arrancados durante as disputas. Houve até assassinatos devido à rivalidade entre as equipes. Por isso o esporte foi chamado de futebol de massa. Imagina!

Fiquei preocupado. Lembrei-me da nossa rainha Victoria dizendo que queria um esporte para unir os jovens. E as torcidas. Lembro bem da carinha crédula dela.

— Acho que não é bem o que a rainha imagina.

— Espere então para ouvir o que descobri de um dos antepassados dela, não tão longínquo. Antes, ainda na Idade Média, os comerciantes da cidade apresentaram uma queixa ao reino. Reclamavam dos prejuízos causados pelo futebol medieval. E o decreto foi assinado pelo dono da coroa, rei Eduardo II, em 13 de abril de 1314. Disse ele. Abre aspas. "Há um grande barulho na cidade, causado por uma disputa com bolas enormes, das quais muitos males podem advir e dos quais Deus nos livre. Proibimos em nome do rei, sob pena de prisão, que tal jogo ímpio seja praticado na cidade." Fecha aspas.

Fiquei mais preocupado. Será que a nossa rainha tinha noção desses disparates? Não era o que nós queríamos criar na universidade. Wake tinha mais informações.

— Duas décadas depois, outro rei chegou a ordenar, quando começou a Guerra dos Cem Anos. Abre aspas. "Ninguém deve praticar o futebol ou jogos parecidos; as pessoas fisicamente capazes devem exercitar o arco, pois a defesa nacional depende disso." Fecha aspas. Algo parecido fizeram seus inimigos, a Escócia e a França, que acabaria ganhando a guerra.

— Há controvérsias, meu amigo irlandês. Não foi bem assim.

— Não vamos discutir uma guerra do século XIV... O melhor vem agora. Você já deve ter ouvido falar do rei Henrique VIII.

— Claro, casado várias vezes. Século XVI. E matou várias mulheres. O que mais ele fez?

— Ele mesmo. Estudou aqui, sabia?

— Mentira!

— Verdade. Curioso para pesquisar as notas dele. Ficou marcado como amante da bebida, da caça e das mulheres. Teve, ao todo, seis esposas. É que nenhuma lhe dava um filho homem que o sucedesse e ele mandava decapitar, algo muito em voga na época. Não existia ainda a guilhotina. Era com machado mesmo. O gordo rei era visto pelo palácio a chutar a cabeça de Ana Bolena, sua esposa — ex-esposa — mais conhecida. Copiei um pedido que ele fez para o sapateiro real. "Dez pares de botas de couro inglês, dez pares de coturnos de couro espanhol, um par de coturnos de veludo roxo, preto e vermelho, seis pares de sapatos de couro inglês, outros seis pares de couro espanhol e as chuteiras, com bico de ferro!"

— Que maravilha! E o mais estranho é que estudou aqui.

— Diz a história que fez cinco faculdades aqui. Uma delas foi teologia. Direito também. Claro que ainda era príncipe.

— Coitada da Ana Bolena. Fico pensando na cabeça dela rolando escada abaixo. E conseguiu um filho macho, nosso ex-colega?

— Teve um filho, afinal, com Jane Seymour. Seria seu sucessor, Eduardo VI.

— E ficou também lembrado por sua briga com Roma.

— Sim, abre aspas. "Ficou conhecido como o fundador da Igreja Anglicana. Suas brigas contra o Vaticano — porque ele queria se separar da primeira esposa que não lhe dava filho homem — ocasionaram a renúncia da Inglaterra à autoridade papal, a Dissolução dos Mosteiros e seu próprio estabelecimento como Chefe Supremo da Igreja de Inglaterra." Fecha aspas.

*

De noite, jantamos no restaurante da universidade — um deles — e o assunto era um só. A maneira de implementarmos o futebol em nossa universidade sem violência, briga entre torcidas, ódios, rivalidades extremistas. Teríamos de saber conduzir nossos rapazes.

— Estranho ficar imaginando esse mesmo restaurante, há três séculos, com o jovem príncipe que se tornaria Henrique VIII. Pode ser que tenha se sentado nessa cadeira.

— Melhor pensarmos em como faremos para criar o novo esporte. Sem violência.

Tenho certeza de que conseguiremos. Em nome da rainha, em nosso nome, em nome da universidade, das pessoas conhecidas que aqui estudaram e outros, no futuro, que deverão entrar também para a história.[24]

No final, já nos licores, sugeri a Mr. Wake:

— Finnegans, acho que já está na hora de colocarmos o nosso caro lorde Laughton, que anda meio de lado na história, a par de nossa ideia de criar o futebol e também lhe revelar todas as violências que sabemos sobre ele.

---

24. Famosos que estudaram em Cambridge: Erasmo de Roterdã, Isaac Newton, Charles Darwin, Francis Bacon, Alan Turing, Lord Byron, príncipe Charles, Vladimir Nabokov, três dos Monty Python: John Cleese, Eric Idle e Graham Chapman, Bertrand Russell, Stephen Hawking, seis primeiros-ministros e 118 prêmios Nobel. Além de Ian Wilmut (responsável pela primeira clonagem de mamíferos, a da ovelha Dolly).

9. *A fucking great idea*

Entramos na antessala de Miss Dietrich, que lia uma revista: *English Woman's Journal*. Deu para ler o título de relance, antes que ela colocasse na gaveta e a fechasse, como se fosse uma leitura proibida.

— Está esperando vocês, senhores. Ah, e não se esqueçam de elogiar as novas poltronas. Ele está encantado. Chegaram ontem, feitas aqui mesmo na universidade.

— Ótimo! A senhora está lendo o quê, Miss Dietrich? — Eu não resisti.

— Nada não, bobageira de mulher velha. Lendo histórias de mulher nova... Vamos, entrem, ele está ansioso.

— Com licença.

Dois toquezinhos na porta e entramos. O cheiro de couro era forte. Fui logo elogiando.

— Que cheiro bom, de couro novo!

— Belas poltronas, lorde Laughton — emendou Wake.

— Vamos sentando, vamos sentando. Se acomodem. Couro do norte da Irlanda, Mr. Wake. Sua terra.

— Sim, boas terras para o gado. Gado de corte. Com licença.

— Belas poltronas, senhor reitor!

Sentamos.

— Macias.

— Muito macias.

— Contem-me tudo, senhores.

Contamos tudo. Do perigo do esporte, da violência, e ainda deixamos o final para falar do ex-aluno, o rei Henrique VIII. Levamos, os dois se alternando, uma meia hora. Quando terminamos:

— Miss Dietrich — gritou, e ela entrou rapidinho, como uma gazelinha velha e sorridente.

— Uísque para os rapazes, que eles merecem!

Ela balançou a cabeça e saiu no mesmo ritmo.

— Em primeiro lugar, parabéns, rapazes. Um trabalho acadêmico de alto nível. Comecemos pelo nosso ex-aluno Henrique Tudor, antes de se tornar o oitavo! Estamos falando de quase três séculos atrás!

O papa Alexandre VI, por exemplo, aquele Bórgia,[25] era casado e fazia orgias com os filhos. A Lucrécia Bórgia teve mais amantes que o maior pecador que está a queimar no fogo eterno, não perdoava nem pai nem irmão. Alexandre foi papa até 1503. Henrique VIII tornou-se rei em 1509, seis anos depois. Ou seja, ninguém era santo na época em que se estava descobrindo o novo mundo.

— Desculpe — solicitou Mr. Wake. — Os papas eram casados? Já tinha ouvido falar de Lucrécia Bórgia, mas não sabia que era filha de um papa.

— Meu filho, o século XVI foi uma orgia! A sífilis, por exemplo, surgiu naquela época, dada a promiscuidade sexual. Eles chamavam aquilo de renascimento.

E deu uma gargalhada.

— Excesso de sexo. E tem mais: A Cambridge University Press, nossa editora, foi fundada em 1534 com o aval dele, Henrique VIII. É a editora mais antiga do mundo em operação contínua. Sabiam?

---

25. Da revista *Superinteressante*: "Uma das famílias mais poderosas do Renascimento. De origem espanhola, transferiu-se para Roma, sede da Igreja que era a grande fonte de poder do clã. Na Itália, acumulou fama, fortuna e escândalos. Os Bórgia têm uma história cavernosa — cheia de subornos, nepotismo, sexo, assassinatos e outros pecados —, ao longo da qual elegeu três papas."

É a segunda maior editora universitária do mundo. Henrique VIII! Não era só decapitação e sexo!

A porta se abriu e entrou Miss Dietrich, que, com certeza, ouvira a última palavra do chefe.

— Desculpe, Lili, perdão, Miss Dietrich. Estamos falando do século XVI!

— Sei.

Ficou um silêncio, o reitor providenciou uns charutos, que os dois professores recusaram. Miss Dietrich saiu, ainda um pouco ruborizada. Ao fechar a porta, do outro lado, em sua sala, ela colocou a mão na boca para segurar uma peralta risadinha. Abriu a gaveta e continuou a ler a revista para mulheres. Do outro lado da porta:

— Procure ler sobre o Concílio de Trento, meu rapaz! — disse lorde Laughton, apontando para Wake. — Foi logo depois desta baderna e durou quase vinte anos. O concílio colocou certa ordem na Igreja Católica. Mas continuemos: deixando de lado a inclinação do citado rei por matar e depois chutar as esposas indesejáveis, Henrique ficou mais conhecido por ter criado a Igreja Anglicana, a segunda maior religião protestante do mundo depois do luteranismo. Outro ponto importante foi ter anexado o País de Gales ao reino britânico. E ter dado espaço no parlamento inglês para os galeses serem eleitos. E votarem, o que é muito mais importante. Vamos ao problema da violência hoje.

— Ele foi um bom aluno aqui?

— Médio... Perguntem a Miss Dietrich. Arquivos são com ela. Pormenores são com ela. A violência. Voltemos a ela. Foi tudo antes de Cristo ou na Idade Média, basicamente. Eram todos analfabetos, ignorantes, não sabiam nem somar dois com dois. Eram cascalho bruto! Até os ministros da educação na Idade Média eram analfabetos. Chutar cabeças era o de menos. Hoje estamos quase no final do século XIX, na Inglaterra, que praticamente governa o mundo. Temos uma rainha que fuma maconha. Quer algo mais moderno do que isto? Ele teve seis esposas, sim. Três Catarinas, duas Anas e uma Lili, como Miss Dietrich. Pela ordem: Catarina de Aragão, Ana Bolena, Jane Seymour, Ana de Cleves, Catarina Howard e Catarina Parr. E sobre as duas que foram decapitadas, há quem diga que foi por suposto adultério. Por favor, vamos beber o uísque?

Tínhamos até esquecido o uísque em cima da mesa.

— E podem ter certeza de uma coisa. Um esporte jogado apenas com os pés é tão revolucionário quanto Henrique VIII. Nossa universidade, mais uma vez, será lembrada em todo o universo pela sua modernidade, coragem e, principalmente, pioneirismo. Somos uns gênios. Toquem a bola, literalmente.

— Quem foi que fez os móveis, lorde Laughton?

— Eu estava pensando nisso mesmo, Watson!

Lorde Laughton estava mesmo animado:

— Falem com o *signore* Giuseppe Cappottani, aquele velho italiano da Leather Manufacturing, aliás perto da Faculdade de Física. É bom no couro — não resistiu e fez a piadinha. — É para confeccionar a bola, pois não?

— Sei onde é!

— Meninos — esticou o braço com o copo, nós fizemos o mesmo —, tenho orgulho de vocês! A rainha saberá recompensá-los! Com o perdão das palavras: *a fucking great idea!*

— *God save the Queen!*

— *God save the Queen!*

Fiquei alisando o couro da poltrona, pensando na bola.

10. Voltando a Londres

Eu já havia combinado com o jardineiro Mr. Silver de falar com os filhos dele, Pine, Oak e Grassy. Um telegrama me surpreendeu comunicando o falecimento de uma velha tia que não via fazia muitos e muitos anos, tia Enola. Morreu também com a epidemia de cólera, coitada. Tia-avó, solteirona, muito brincalhona. Não tinha filhos, não se casara. Achei que devia ir para as cerimônias fúnebres. Foi o que fiz, e me hospedei no Hotel Bertram, onde tinha estado uma semana antes.

O sepultamento foi no cemitério de Highgate, inaugurado há pouco por "minha amiga" Victoria. Poucas pessoas, algumas primas que não via fazia muito tempo. Uma delas me reconheceu e veio falar comigo. Estava com máscara, como eu. Ainda pairavam no ar os últimos momentos da epidemia.

As poucas pessoas presentes usavam máscaras caseiras. Ela abaixou a máscara, mantendo-se um pouco distante.

— Boa tarde, John Hamis. Não sei se se lembra de mim. — Tira a máscara. — Filha do tio Carmelo, o alfaiate.

— Claro, claro! Louise! Acertei?

O que ela queria me dizer era que a recém-enterrada havia deixado tudo o que tinha — e não era pouco — para os sobrinhos e sobrinhos-netos, o que era uma boa notícia. O testamento seria aberto às nove da noite no endereço tal. Fiquei de ir.

A prima Louise estava certa. A mim coube um apartamento na Baker Street 221b, que eu venderia anos mais tarde, em 1887, para ser exato, para meu novo amigo Sherlock Holmes. Foi quando lançamos *Um estudo em vermelho*, nosso primeiro livro.

Nada disso tem a menor importância para o livro que você tem nas mãos. O que importa é o encontro que tive naquela mesma noite. Um encontro encantador e ao mesmo tempo um pouco assustador. Ou melhor, usando outro adjetivo, um pouco estranho.

11. No bar do Hotel Bertram, Sarah Emily

Como a minha passagem de trem para Cambridge era para o dia seguinte, trem noturno, desci para tomar uma bebida gelada no bar do Hotel Bertram, onde estava comodamente instalado, por indicação de Miss Dietrich.

Era um bar duplo, com dois atendentes. Eu já havia reparado neles de dia. Um barman americano, para atender os hóspedes americanos de modo que se sentissem na América, oferecendo Bourbon, uísque de centeio e todo drinque possível e imaginário, e um barman inglês, que oferecia xerez ou Pimm's. A iluminação, toda de castiçais de prata, de seis velas cada, era acolhedora.

Eu, apesar dos meus 25 anos, estava neste lado, por achar mais inglês. Pedi um uísque escocês normal. Me chamou a atenção uma única mulher, sozinha, numa mesa cuja janela dava para a St. Mary Mead Street, bebericando algo, talvez um gim-tônica.

Chegou o uísque e eu cismei que a tal mulher estava me olhando. Mesmo. Não fixamente, mas estava. Confesso que fiquei um pouco encabulado. Minhas relações com as mulheres são um tanto complicadas, talvez por ter estudado e hoje dar aulas num colégio só de homens. Não tínhamos nem professores do sexo feminino.

Ela se levantou e veio na minha direção. Gelei. Esforcei-me para não tremer. No meio do caminho ela abriu um sorriso, senti, muito simpático. A cada castiçal que passava, ela brilhava. Chegou, vi que trazia a sua bebida. Abriu mais o sorriso, colocou o copo em cima da minha mesa e disse com uma voz que achei macia:

— Posso, senhor?

Não sei o que ela pode ter achado da minha cara. Solucei a maior bobagem que podia:

— Pode o quê, senhora?

Ela se sentou.

— Isso.

E eu, completamente idiota:

— Isso o quê, senhora?

Ela riu.

— O senhor fala inglês?

Caí em mim.

— Ah, sentar-se. Desculpe, desculpe... Estava muito distraído. Venho de um velório, enterro...

Levantei-me e estiquei a mão.

— Encantado. John H. Watson.

Ela estendeu a mão, eu a beijei. Ela não se preocupou com meu velório e enterro.

— Muito prazer, Sarah E. Davies. Sente-se, senhor John H... O que é o H?

Sentei-me.

— E o que é o seu E?

— Meu E é de Emily. E o seu H?

— É complicado, senhorita ou senh...

— Senhorita.

— Senhorita.

— E por que é complicado? O seu H?

— Hamis. Com H. Era para ser James. Aliás, Hamis é um equivalente escocês de James, como o uísque — e dei um gole.

— O senhor é escocês?

— Não, nasci aqui em Londres.

— Mora ou morou em Cambridge. Estudou lá? Estuda?

— Desculpe, mas como sabe?

— O distintivo da universidade na sua lapela.

Eu havia me esquecido que, sempre que estou de terno, o uso na lapela.

Passei o indicador nele.

— Tão pequeno, notou tão de longe?

— Não é tão pequeno nem a distância era tão grande. Foi por causa dele que vim falar com o senhor.

— Sim, moro lá. Estudei e me formei em Medicina e Educação Física. Atualmente dou aulas.

— Medicina?

— Educação Física. E a senhorita deve estar hospedada aqui no Bertram.

Ela ficou meio que estudando o meu rosto e eu o dela. Alguns segundos. Era a vez dela de falar. Ela devia ser um pouco mais velha do que eu. Uns 30, talvez. Uma mulher interessante, usando calças compridas, meio americanizada. Talvez fosse americana e estivesse no bar errado.

— Sou de Carlton Crescent, Southampton. Conhece? Passei a minha adolescência em Gateshead. Em 1854, ocorreu o grande incêndio de Newcastle e Gateshead, o senhor deve se lembrar. As duas cidades são divididas por um rio.

— Sim, eu me lembro, há uns cinco anos. Foi horrível.

— Eu ainda morava lá. Meu pai ainda é o reitor da universidade.

Ela passou a me contar os horrores do incêndio de 1854, pedimos mais uma dose cada um. Falava bastante a moça, apesar de ter um olhar tímido, a voz um pouco fina, mas gostosa. Sensualmente fina, se entendo de mulheres. Depois me disse que era feminista e sufragista e eu não perguntei o que era isso, mas achei que devia saber. Voltaria no dia seguinte à British Library se a conversa se prolongasse. E ainda disse que escrevia numa revista chamada *English Woman's Journal*. E que tinha acabado de publicar um artigo na tal revista — procurar amanhã na biblioteca —, chamado "Medicina como uma profissão para mulheres".

— Como é mesmo o nome da revista, Miss Davies?

— Acho que já pode me chamar de Sarah. Ou Emile, John. Ou Hamis. Ou ainda, James.

Confesso que a frase dela foi saindo devagar de seus lábios, como se estivesse jogando os lábios nos meus. Lábios.

— Sim, claro, claro, Sarah. Miss Dietrich, uma amiga, lê a sua revista.

Ela tirou da bolsa um pequeno periódico e ofereceu a ele.

— A revista é apenas para assinantes. Página nove. Não vamos perder nosso tempo agora. Leia na viagem de volta para Cambridge. Por sinal, Hamis, eu vim conversar com você por causa da sua lapela. Você poderia me apresentar ao reitor ou vice-reitor de vocês? Sei que é estranho uma mulher entrar pela porta da frente em qualquer universidade da Inglaterra. Inclusive aquela onde meu pai é reitor.

Engraçado, não deu atenção nem para o velório e muito menos para Miss Dietrich.

Imagina se lorde Laughton vai receber uma visita de mulher dentro da universidade! Não podia dizer isso para ela.

— Sim, posso falar com lorde Laughton, nosso reitor. Somos muito amigos. Se bem o conheço ele vai querer saber o assunto.

— Diga a ele que quero abrir uma faculdade, dentro da Universidade de Cambridge, só de mulheres!

Eu devo ter empalidecido. Realmente, porque ela, ao se levantar, disse:

— Hamis, você está completamente branco. Acho que não está acostumado a beber três doses de uísque escocês.

Tirou um cartão de visita e me entregou. Esticou a mão para se despedir.

— Tenho um compromisso agora. Quer um conselho? Tome o quarto uísque só depois de comer alguma coisa. Os três primeiros já estão pagos, Hamis.

Foi embora e eu não consegui abrir a boca nem para dizer "deixa que eu pago, o que é isso, Sarah?". Sentei-me e pensei: uma faculdade de Medicina para mulheres? E eu que estava me simpatizando tanto com aqueles lábios, aquela voz. Quem diria, completamente louca varrida.

E fiquei procurando sinônimos: aloprada, *degradée* — como dizem os franceses —, doida, desatinada, maluca. Não pedi a quarta dose. Não estava entendendo mais nada.[26]

---

[26]. No dia 30 de junho de 2019, uma placa — que homenageia as fundadoras Sarah Emily Davies e Barbara Bodichon — foi inaugurada na Girton College (primeira faculdade feminina da Inglaterra), na Universidade de Cambridge, pela baronesa Hale, presidente da Suprema Corte do reino, como parte das comemorações dos 150 anos da faculdade (fundada em 1869, dez anos depois do primeiro encontro entre John e Sarah). A placa está situada na torre principal, na entrada da Girton College, na Huntingdon Road.

12. Com o jardineiro Mr. Silver

Eu e Finnegans caminhávamos em direção ao jardineiro, que estava atrás da Faculdade de Enfermagem, no lado oeste da universidade, podando alguma planta. E eu estava contando para Finn sobre a moça que havia conhecido em Londres na véspera, Sarah Emily. Ele tentava me explicar:

— Sufrágio é voto, claro. Sufragista é quem vota, portanto, homem que vota. Que eu saiba em lugar nenhum do mundo mulher vota.[27] Se ela disse que é sufragista, é doida. Melhor nem incomodar lorde Laughton. Com calça comprida ainda por cima... Elementar, meu caro Watson.

Pensei cinco segundos. Principalmente na voz dela, nos lábios.

---

27. Wake tinha razão. Somente em 1893 a Nova Zelândia se tornaria o primeiro país a garantir o sufrágio feminino, graças ao movimento liderado por Kate Sheppard. Aliás, inglesa.

— Você tem razão. Vou dar a revistinha dela para Miss Dietrich. Quem sabe ela goste, já que estava lendo uma. Nem li. Quer dizer, comecei a ler e confesso que achei muito complicado.

— Agora feminista, eu não faço ideia — completou Wake.

— Nem eu. Olha lá o Mr. Silver, viu que a gente está chegando, acenou.

Era um sujeito mirrado, de andar trôpego e maneiras servis. Vestia um paletó aberto, manchado de alcatrão na manga, camisa xadrez vermelha e preta, calças de zuarte e botas pesadas muito gastas. No rosto fino e astuto, queimado de sol, estampava-se um sorriso permanente, e tinha as mãos enrugadas semifechadas, como era peculiar aos jardineiros.[28]

Chegamos e ele tomou a iniciativa da conversa:

— Professor Wake e professor Watson, já proibi as crianças de brincarem lá na porta do prédio administrativo de noite. E de dia também! Os senhores vão me desculpar. Crianças, o senhor entende, elas não têm noção!

Sorrimos.

Foi Wake quem o tranquilizou:

---

28. Excelente tradução do parágrafo, de Maria Luiza X. de A. Borges, em *As memórias de Sherlock Holmes*, de Arthur Conan Doyle (Zahar, 2014).

— Relaxa, amigo, relaxa.

— Essas crianças... — insistia o jardineiro, passando uma mão na outra para limpar. — Desculpa não estender a mão para cumprimentar os senhores.

Eu entrei no assunto:

— Queremos falar com os seus filhos! Em missão de paz! Estamos muito interessados naquele jogo deles.

— O bate-bola?

— Sim, é um bom nome. Estamos chamando de futebol!

— Bom nome também, Mr. Wake. Mas não estou entendendo. — Silver esticou o pescoço. — Olha eles lá! Estão trazendo meu lanche.

Aparou o sol no rosto com a palma da mão para ver melhor.

— Meu lanche e... e a bola!

Quando os filhos perceberam que estávamos ali, pararam e ameaçaram voltar. O pai enfiou dois dedos dentro da boca e soltou um assovio fortíssimo, fazendo um sinal com o braço para eles se aproximarem.

Sempre invejei quem sabe fazer aquele tipo de assovio. Sempre! Vou morrer sem conseguir.

13. Bate-bola com "as crianças"

Os três chegaram meio ressabiados, esticaram a mão para cumprimentar e ficaram com cara de quem ia levar uma carraspana. Grassy segurava a bola feita com bexiga de boi. Finnegans Wake começou a conversa brilhantemente:

— Qual é o nome da nossa rainha?

Os três imediatamente:

— Rainha Victoria!

Mr. Silver desembrulhou o lanche. Um sanduíche de carne, cheiroso.

E aí Finn contou a nossa conversa com a rainha, o pedido feito por ela. Eles foram ficando cada vez mais entusiasmados com aquela realeza toda. Finnegans não citou a maconha, evidentemente. Quando acabou sua aula, eu entrei:

— Como vocês chamam a brincadeira que vocês fazem com a bola?

Mr. Silver começou a comer, esfomeado.

Pine:

— Bate-bola!

Oak:

— Chuta-bola!

Grassy:

— Drible![29]

Nós dois nos olhamos.

— Drible?

Grassy:

— É o que eu mais gosto de fazer.

— Mostre para a gente.

Oak ficou numa posição para defender o chute, a bola estava com Grassy. Pine foi tentar tirar dela, ela deu uma ginga para a direita, passou a bola pelo outro lado e chutou de esquerda. Oak não conseguiu pegar a bola, que foi longe, e o pai saiu correndo para buscar.

— Isso foi um drible?

Grassy sorriu, relaxada.

---

29. Grassy disse *dribble* (dribol), em inglês, evidentemente, para Watson, que logo traduzimos para drible. Mais um anglicismo na história do futebol. Pode ser também babar e pingar. Tudo *dribble*.

— Gostou, senhor professor?
— Incrível — dissemos nós, abismados.
— Esse se chama drible da vaca.

Nós:
— Drible da vaca?

Grassy:
— Sim, um dia a gente está brincando lá naquele pasto atrás da Biologia, sabe? E eu estava correndo com a bola nos pés e veio vindo uma vaca. Eu joguei a bola pela esquerda da vaca, ela olhou para trás para seguir a bola e eu passei pela direita... Aí o Oak apelidou de drible da vaca.

Rimos.

Mr. Silver limpa a boca da manga da roupa, com a bola na mão.

Eles falaram de "dar um chapéu", "*overlapping*", "drible da vaca", "chuveirinho".[30] Eu começava a imaginar um jogo inteiro. Eram malabaristas, bailarinos.

Aquela nossa conversa foi inesquecível. A partir daquela tarde a equipe passou a ser composta por cinco pessoas. Tínhamos muito o que conversar e eles tinham muito o que nos ensinar. Muito.

---

30. Drible da vaca: *cow dribble!* Dar um chapéu: *give a hat!* Chuveirinho: *little shower. Overlapping* é intraduzível.

Eu e Finnegans ainda precisávamos fazer algumas coisas práticas antes de começar a bater bola com eles. Tínhamos que estudar como confeccionar a bola e como fazer a meta, onde o que coloca as mãos na bola fica defendendo os chutes. Eles chamavam aquilo de portaria mesmo, e o defensor, de porteiro. Ou *goal-keeper*, ou *guardian*. Quanto aos nomes do novo esporte, vamos ter muito tempo para conversar e resolver. Gostei de *goal-keeper*!

A primeira dúvida: o que fazemos primeiro, a portaria ou a bola?

Falaríamos sobre isto com lorde Laughton logo mais.

14. Começando o espetáculo

Entramos na antessala de lorde Laughton, onde Miss Dietrich estava regando umas plantinhas que eu não saberia dizer o nome. Virou-se, sorriu como sempre.

— Cuidando das minhas filhinhas.

Confesso que, na hora, pensei em netinhas. Estendi a revista da Sarah para ela:

— Percebi que a senhora gosta desta revista.

Ela enxugou as mãos num avental verde clarinho:

— Ó, a *English Woman's Journal*. Muito simpático da sua parte, professor — bateu o olho na primeira página. — Que ótimo, a deste mês, que eu ainda não recebi! Que bom, com um artigo da Sarah Emily.

Ela não poderia ter dito nada mais maravilhoso. Abriu a brecha.

— A senhora gosta dela, de Miss Davies?

— Sim, seus artigos são sempre muito embasados, inteligentes. Obrigada, querido. O reitor já vai recebê-los. Você leu?

— Ainda não. Mas conheço ela.

— Não acredito!

— Sim, inclusive ela gostaria de agendar um horário com lorde Laughton... — disse, como quem não queria nada.

Lorde Laughton abriu a porta.

— Ouvi vozes. Vamos entrando. O que estava alcovitando, Miss Dietrich?

— Nada. Assunto de mulheres. — Caiu em si. — Quer dizer, desculpas, cavalheiros.

Mr. Wake, piscando para Watson:

— Era mesmo uma conversa de senhoras...

Pegou no meu braço e entramos no gabinete.

— Chá, Miss Dietrich. Chá! — pediu o chefão.

Fechou a porta. Fez sinal com o braço. Sentamo-nos.

— Antes que falem algo, estive pensando sobre o nome do negócio. Acho muito melhor futebol do que fitebol. É só uma sugestão.

Olhei para Finnegans e concordamos com a cabeça.

— Boa sugestão.

— Quais são as novidades? Soube que perdeu uma tia. Meus sentimentos, professor.

— Sim. Tia muito querida, irmã do meu avô paterno. Mrs. Watson. E ganhei um apartamento em Londres... Foi muito simpático a tia Enola se lembrar do sobrinho-neto.

— Ótimo. E a quantas andamos com o nosso futebol?

Quem tomou a palavra foi Wake:

— Senhor, vamos ter que começar a gastar algum dinheiro. Em primeiro lugar, precisamos saber de quanto dispomos para essa... essa...

— Empreitada! — disse eu.

— Nenhum centavo!

E sorriu. Não sei se pela falta de dinheiro, ou pelo cheiro de chá que invadiu o gabinete assim que sua chefe de gabinete — como ela se autodenominava — abriu a porta, depois das duas batidinhas de praxe.

— Por favor, sirva. — E, para nós, sorrindo: — Mas o quê? É um esporte amador ou profissional que estamos criando?

Gostei do "estamos". Apenas sorrimos. Ele bebericou o chá.

— Excelente como sempre, Miss Dietrich.

Ela agradeceu com um abaixar de cabeça, deixou a bandeja em cima da mesa e ia se retirando.

— Miss Dietrich, pode tirar o avental de jardineira...

Ela ficou vermelha.

— Meu Deus, que cabeça a minha! Desculpa, desculpa...

Saiu.

— E então?

— Ah, os gastos — eu disse. — Inicialmente são três ou quatro.

— Vamos lá.

— A bola, a porteira e os uniformes. Fora as botas.

— Botas, também?

— Fundamental. Se o senhor visse as canelas da Grassy Silver...

— Quem é Grassy Silver? E como foi que você viu as canelas dela? Sem querer ser indiscreto...

Finnegans entrou na conversa:

— Oak e Pine também. Não sei se reparou.

Lorde Laughton:

— O que é isso, todo mundo com as canelas estropiadas?

Falamos muito dos filhos do jardineiro. Ele ficou encantado.

— Preciso conhecê-los.

Voltamos ao assunto da nossa reunião com o reitor. Explicamos todos os primeiros gastos. Ele só ficava levantando e abaixando a cabeça, e era um pouco irritante aquilo. Terminamos nossas exclamações.

— Muito bem, senhores. Qual é a ideia para a porteira?

— Estamos pensando em fazer de cada lado do campo, em madeira resistente, perto da fachada da entrada principal do prédio da administração.

— Estão loucos? *No fucking way!*[31] Vai ficar uma fortuna. Façam um poste!

Ficamos desapontados. E um pouco assustados com o palavrão.

— Além do mais, um jogador pode vir correndo e meter a cabeça no muro de madeira. Façam um poste. De 10 por 10 centímetros.[32] Poste quadrado, fininho, dez por dez.

---

31. Nem fodendo.
32. Claro que ele falou no sistema inglês, *"four inches"*. Quatro polegadas.

— Fininha assim? A bola vai bater, o poste vai curvar e mandar a bola longe! Sabe como é?

— Estou visualizando. — Lorde Laughton aperta a campainha da mesa, entra Miss Dietrich.

— Por favor, senhorita, marque um encontro aqui dos nossos amigos com um professor de física e com o homem que fez essas poltronas de couro.

— E para nós: — Está vendo o ovalado dos braços da poltrona, a perfeição? — piscou.

— Estamos entendendo.

— Miss Dietrich, marque também com o marceneiro, Mr. Traving. Tenho certeza de que um mestre em marcenaria e outro em física vão resolver o problema de o poste mandar a bola para longe. Já vou lhes adiantando que tudo tem a ver com o peso da bola de couro, seca ou molhada, e a velocidade. Peso e velocidade. Talvez não saibam, mas fui professor de física até assumir a reitoria.

— Peço desculpas, mestre! — me apressei. — Havia me esquecido totalmente. Me desculpe.

— Chega de pedir desculpas. Achavam que ia ser fácil inventar o futebol, né? Passem também pela faculdade de Matemática e procurem o professor Okuno, trigonometrista.

— Trigonometria?

— Sim, se sentirem necessidade.

— Sim. Vamos então falar dos outros assuntos agora. — O reitor olhou nas suas anotações. — Uniforme, botas... Para proteger as canelas de Miss Silver, a nossa Grassy.

15. O que veio primeiro, a bola ou a trave?

Estávamos indo a pé ao marceneiro.

A ideia surgiria num bar, onde surgem as melhores delas. Estava eu a conversar com Wake sobre o nome dele, Finnegans.

— Não, definitivamente não gosto de Finnegans. Não sei onde meus pais, James e Joyce, estavam com a cabeça.

— Foi um nome inventado, Wake?

— Nunca me explicaram direito. Eram alcoólatras, tanto papá James como a linda Joyce. Sei que tem algo a ver com a Finlândia. Finne tem origem finnlandesa, como pode observar pelo som. E Wake, evidentemente, é despertar...

— Esquisito isso. Dizem que os irlandeses são esquisitos e surpreendentes. Então me responda. O que vem primeiro, a bola ou a trave?

A pergunta acima tem tudo a ver com o trabalho que teríamos dali para a frente.

Porque fomos primeiro ao marceneiro da universidade, na Traving & Son, Oficina de Carpintaria da Universidade de Cambridge. O reitor tinha nos dado o nome errado.

Mr. Traving, o marceneiro, era um homem compassado, esticado no terno, apertado nos coletes pontiagudos, possuidor de um pequeno par de pernas e uma vozinha aguda, amaneirado e minucioso ao último ponto: tal era seu retrato.[33]

Explicamos tudo para ele, que nos ouvia todo sério. Ao fundo, seu filho adolescente lixava uma madeira, mas prestava atenção na conversa. Depois, Mr. Traving falou com uma voz morosa e peculiar, como se ditasse um livro de memórias, sempre olhando acima dos ombros das pessoas com quem conversava.[34]

— Se bem entendi, meus jovens, vocês estão inventando um novo esporte. Como se chama mesmo?

---

33. Obrigado, Charles Dickens, Sarmento e Soriano.
34. Como se fosse Oscar Wilde.

— Futebol, senhor.

— E querem dois postes paralelos de madeira rígida, tesa, hirta, de forma quadrada, com 10 centímetros mais ou menos, de largura, o poste. Qual a altura?

— Sim — Finnegans entrou na conversa —, e precisamos saber que tipo de madeira tem que ser usada e quanto se tem que enfiar no chão, a profundidade, para ela não oscilar muito quando for atingida pela bola e não ser atirada para o outro lado do campo.

— Duas perguntas: qual a distância entre as duas hastes e o tamanho do campo, se é que já sabem disso? E a altura de cada haste, evidentemente?

— Sim, claro. Uma se distancia da outra exatos 7,32 metros (8 jardas). E a haste, como o senhor chamou, tem 2,44 metros (8 pés) de altura.

— E qual a medida do campo, por favor?

— De comprimento, 90 a 100 metros, mais ou menos.

— E de largura cerca de 50.

— E a bola é de couro, pois não?

— Sim.

Ele pegou um pedaço de couro, ficou esticando, alisando. Mr. Traving pensava. O filho se aproximou:

— Desculpe, posso entrar na conversa?

— Ah, meu filho Jack Traving.

Nos cumprimentamos.

— Pois não, Mr. Jack.

— Me perdoem, mas estava a ouvir.

— Por favor, fique à vontade.

Ele fala espanando as mãos do pó da lixação da madeira.

— Só queria dar uma informação. O couro, quando molhado, pesa mais ou menos o dobro de quando está sequinho.

— Sim — rebateu o pai —, quase o dobro. Praticamente o dobro.

Finnegans, com seu humor irlandês, não deixou escapar:

— Quer dizer que uma vaca na chuva pesa quase o dobro! — ele não perguntou, afirmou.

Todos rimos e ninguém levou a sério, evidentemente.

— Mr. Finnegans e Mr. Watson, no momento eu só posso pensar numa madeira resistente. Uma madeira de lei. A madeira de lei é mais utilizada para áreas exteriores, é densa e pesada, e é muito resistente ao apodrecimento. E, por isso mesmo, sem dúvida nenhuma, é a madeira ideal para chuva e sol — tergiversou Mr. Traving.

— Por que se chama madeira de lei? — perguntei, curioso.

— Sua pergunta é superinteressante: no início da exploração portuguesa na América do Sul, esse termo foi criado para designar as madeiras que só podiam ser derrubadas se a Coroa portuguesa ou espanhola autorizasse — ou seja, o corte dependia da permissão por lei.[35] Com o tempo, a lei não pegou muito e os navios ingleses que levavam escravizados para o Brasil traziam primeiro a madeira pau-brasil, depois jatobá e peroba. Com o tempo começamos a plantar aqui, e elas se sentiram em casa, digamos assim.

— Nada como conversar com quem entende de madeira. Superinteressante mesmo.

— Acho que podemos usar a peroba. O que acha, Jack?

— Era o que eu ia sugerir, *dad*.

— Antes, meus jovens professores, vão falar com o *signore* Giuseppe Cappottani, da Leather Manufacturing, que é o mestre em couro.

---

35. Obrigado ao biólogo João Batista Baitello, do Instituto Florestal de São Paulo.

— Pai, podia ser de jacarandá[36] também.

— Muito bem lembrado. Também originária do Brasil. O jacarandá-da-baía (*Dalbergia nigra*).

— Teremos hastes brasileiras, então?

— Inglesas, mas oriundas do Brasil. O mais importante sobre a flexibilidade das hastes é o peso da bola e a velocidade do chute — ressaltou o filho.

— E na chuva piora, como disse o meu pai. Vocês vão ter que procurar um professor de física para a gente chegar a uma equação perfeita.

O pai concluiu:

— Não deve ser difícil para vocês encontrarem aqui na universidade um professor de física que entenda o probleminha de vocês.

— E o filho arrematou:

— Mr. Maxwell! De física! Um gênio!

— Maxwell. Não vou me esquecer.

---

36. Uma curiosidade que não tem a ver com o assunto: antes de os Beatles tocarem no Cavern, o primeiro lugar em que se apresentaram em Liverpool foi o Jacaranda, aberto no século XIX. Quem duvidar pode fazer uma visitinha: fica na Slater Street, 23. Liverpool.

16. A bola do *signore* Giuseppe

O *signore* Giuseppe Cappottani, da Leather Manufacturing, que era o mestre em couro, parecia um comerciante comum, gordo, ostentoso, lento nos gestos, mas que falava pelos cotovelos, como todos os italianos. Uma longa barba branca. Cabelos também compridos, amarrados na nuca. Usava calças quadriculadas e largas num tom cinza-escuro, e ainda um paletó preto sujo. Também vestia um colete com uma corrente de metal amarela, carregava um chapéu meio amassado e um sobretudo marrom com gola de veludo vincado.[37] Ele nos escutou. Na primeira pausa de Finnegans, entrou gesticulando como bom italiano.

— Já entendi, senhores — disse ele, com a bola dos meninos Silver numa das mãos. — Precisam de

---
37. Conan Doyle puro.

uma esfera de couro, mais ou menos deste tamanho. E já sabem como vão fazer para inflá-la?

— Como assim? — ponderou Finnegans.

— O que vocês querem de mim e eu acho que posso ajudá-los é o invólucro da bola. Temos que pensar também no seu interior. Vocês não vão querer encher a bola com roupa velha... *per amore di Dio! Hai capito?* Temos que colocar ar. Dentro da esfera, *capito*?

— *Capito, ma come?* — Finnegans sempre me surpreendendo. Fala italiano?

— *Parla italiano?*

Perguntou o *signore*, mas eu logo cortei.

— Por favor, vamos continuar a conversar esquecendo o italiano.

— Sim!

— Como vamos colocar o ar lá dentro? Soprando é que não vai ser. E, mais complicado ainda, como fazer para o ar não sair depois de 45 minutos de chutes?

Virei-me para Finn:

— O negócio é mais complicado do que nós imaginávamos.

— *Signori*, nada é complicado para Giuseppe Cappottani!

— Então nos explique, *prego*.

— Finnegans, por favor, italiano, não.

— *Prego* é por favor!

— É mais informação do que eu preciso. Por favor, *signore* Cappottani. O ar.

— Os senhores obviamente já ouviram falar na borracha.

— Sim — falei. — Serve para apagar os erros dos lápis.

— Sim, também. Há vinte anos, precisamente em 1839, o uso da borracha natural, que vem importada do Brasil, foi ampliado, muito ampliado, com a invenção da vulcanização.

— De novo o Brasil no nosso caminho. As madeiras para as hastes, a borracha para a bola...

— Não me interrompa, Mr. Watson.

— Perdão. Pois. Em 1839.

Finnegans entrou na conversa outra vez e me surpreendendo:

— Sim, a vulcanização. Já ouvi falar. Prossiga.

— Pois então. Com esta invenção de Charles Goodyear, o comércio da borracha cresceu muito na América. Muito. Sim, Goodyear é americano. Como eu dizia, a pedido do gerente da Roxbury Rubber Company, de Boston, ele começou a estudar uma forma de fazer a borracha resistir a variações de temperatura. E começaram a fabricação de uma série de produtos, como pneus e brinquedos.

— Desculpe interromper, *signore*. Mr. Wake, a carruagem da rainha, lembra-se como era macia? E eu achava que eram amortecedores... Claro, devia ser isto. Se tem mais de dez anos, a rainha jamais iria andar numa carruagem com rodas de madeira! Prossiga, *signore*.

— Ela falou. São os pneus...

Eu já disse que ele falava sem parar e balançando os braços, quase como se nadando?

— Cristóvão Colombo quando chegou a Cuba percebeu que os nativos, os índios, praticavam jogos com bolas de borracha. No poço sagrado dos maias, em Yucatán, foram descobertos artigos de borracha. O nome inglês *rubber* foi dado, provavelmente, por Priestley, o descobridor do oxigênio, que pela primeira vez observou a capacidade do material de apagar (*rub out*) o traço de um lápis.[38]

— Voltemos, *signore*, voltemos. Podemos conseguir a borracha vulcanizada?

— Nas boas casas do ramo, em Londres. Ela é vendida como tecido. Parece um tecido. Sabe aque-

---

38. Conselho Regional de Química — IV Região.

les rolos de tecidos que eles vão desenrolando no balcão de vendas? Pois. Quantas bolas vão fazer?

Nós dois nos olhamos. Não havíamos pensado nisso!

Finnegans foi mais prático.

— Quatro!

— Quatro?

Achei muita bola.

— Duas para a minha classe e duas para a sua. Certo?

— Então me comprem 4 metros quadrados. E não se fala mais nisso. Ah, e o mais importante: lá mesmo devem vender bicos para pneumáticos. Comprem, portanto, quatro bicos e bombas para inflar.

— Bicos para pneumáticos?

— Eles sabem o que é.

— Está bem. Anota aí, Finnegans. Quatro bicos e quatro bombas.

— Uma bomba!

— Está bem. O senhor conhece alguma boa loja em Londres?

Ele saiu, foi até a gaveta de baixo da sua empoeirada escrivaninha, tirou uma espécie de carteirinha de endereços. Colocou os óculos e começou a folhear. Pelo sorriso percebemos que tinha achado.

— All In Rubbers Co. Anotem o endereço.

Comecei a anotar e falar ao mesmo tempo:

— E quanto ao couro? Desculpe-me a curiosidade, *signore* Cappottani, mas qual o segredo para fazer uma bola exatamente redonda? Qual o couro?

— O couro é de vaca mesmo, *signore*! Quanto à esfericidade do objeto, vou contar uma história em que vocês não vão acreditar.

— Esta rua fica perto de Piccadilly Circus, não?

— Exatamente, a Shaftesbury Avenue fica a uma quadra de Piccadilly. Agora preparem seus corações para o que eu vou contar.

Buscou um belo livro de capa dura. O nome de Leonardo da Vinci estampava a capa, em dourado. Eu e Finn Wake nos olhamos incrédulos. Ele virou algumas páginas e mostrou um desenho. Ele apontava e *parlava*, *parlava*, *parlava* do seu conterrâneo da pequeníssima cidade de Vinci, perto de Florença. E quando falava em latim dava uns pulinhos como se estivesse no Senado de Júlio César.

— Pasmem: a bola também foi uma arte de Leonardo da Vinci em 1509. Olhem este desenho. O livro se chama *De Divina Proportione*, de Luca Pacioli — passou o dedo em cima do nome do autor —, seu mestre de trigonometria, matemática, *summa* de aritmética, geometria, *proportione et proportionalitatis*. O desenho original está no museu de Florença dedicado a ele.[39] Vejam, é uma sequência formada por poliedros arquimedianos (inflados) com doze pentágonos e vinte hexágonos.[40]

— Como é que ele foi descobrir uma maravilha dessas?

— Pode ter certeza de que não foi cortando poliedros e juntando um ao outro. Ele provavelmente desenvolveu um teorema em algum quadro-negro até chegar a este desenho. Vi o desenho em Florença. Foi lá que comprei esse livro. Fiquei com a cara que vocês estão agora quando vi o desenho e a reprodução em madeira, pendurada no teto. Um êxtase, *capito*? *Rilassati, ragazzi, rilassatevi!*[41] Qualquer professor de trigonometria esférica lá da sua universidade sabe disso. E de muito mais sobre velocidade, distância, peso... Os primeiros a usar a trigonometria foram os babilônios...

---

39. O desenho chama-se, em latim, Ycocedron Abscisvs Vacvvs.

40. "É um poliedro arquimediano, o icosaedro truncado, um poliedro assim chamado porque é aquele obtido quando cortamos os vinte cantos a distâncias iguais de cada vértice a um icosaedro. É composto de vinte hexágonos regulares e doze pentágonos regulares; e tem noventa arestas. Este poliedro ocupa um volume de 86,74% da esfera circunscrita. Porcentagem que aumenta até 95% quando inflada" (José Maria Sorando Muzás, professor em Zaragoza).

41. Relaxem, meninos, relaxem.

Era impossível relaxar diante do desenho de Leonardo da Vinci. O italiano passou os dedos pela bola de Da Vinci.

— Vejam! O desenho de Leonardo salienta as estruturas dos poliedros, representando apenas as suas arestas, todas iguais. Como que o homem chegou a esta conclusão trigonométrica? Cáspite! Doze pentágonos e vinte hexágonos!

Os leitores e leitoras que me desculpem, mas:

— PUTA QUE O PARIU!

E o Wake em irlandês:

— *Tá brón orm, ach fuck tu!*

— Como?

— Gaélico!

— E o que significa?

— PUTA QUE O PARIU!

O *signore* Cappottani encerrou a conversa.

— Me tragam a borracha e a bomba. E o bico para pneumáticos. O vendedor sabe o que é. Diga que é para bicicleta. E deixem o resto comigo. *Prego!*

Mr. Wake apertando a mão, para se despedir:

— Me desculpe a ignorância, mas na Harrods[42] não tem pronta?

---

42. Famosa loja de departamentos inaugurada em Londres em 1834 e que existe até hoje. Turistas adoram.

Signore Cappottani quase bateu nele, mas limitou-se:
— Turista irlandês...
E sorrimos todos.

17. Charles e Lili

A danadinha da Miss Dietrich me contou o diálogo abaixo, com o lorde, frase por frase, quando voltamos de Londres no dia seguinte.

*

— E como se chama a revista?

— *English Woman's Journal*. Trouxe uma para o senhor dar uma olhada.

— Como é mesmo o nome dela?

— Sarah Emily Davies. É feminista e sufragista.

— Não faltava mais nada aqui na ilha. Isso é influência do continente, de Paris.

— Promete que vai ler o artigo dela?

— Miss Dietrich, me diga o seguinte: qual é o seu interesse nisso tudo?

— Eu também sou a favor das mulheres votarem... — disse ela, meio temerosa.

— Pois não fique falando essas bobagens aqui dentro da universidade. Pelo amor de Deus, menina — fez uma pausa. — Não respondeu a minha pergunta.

— Mr. Watson é amigo dela e ela pediu para ele pedir para eu pedir para o senhor marcar uma audiência com ela.

— Foram três pedidos.

— É, mais ou menos.

Ele pegou o cachimbo que pousava cúmplice e apagado num cinzeiro de prata, uma caixa de fósforos e o acendeu, fazendo um clarão ainda maior no seu gabinete, já com castiçais acesos.

— Vou pensar no assunto, ler as bobageiras que ela escreveu e depois nos falamos. Só porque Mr. Watson pediu para você pedir. — Deu uma baforada. — Apague a vela. Vamos ficar apenas com a luz do cachimbo.

— E o cheiro que eu adoro — e Miss Dietrich apagou as duas velas em cima da escrivaninha, com um nada disfarçado sorriso no cantinho da boca.

*

Assim que marcamos nossa viagem de Cambridge para Londres, mandei um telegrama para Miss Davies. Encontro marcado no bar do mesmo hotel — o Bertram —, de noite, para um jantar.

De tarde fomos até a All In Rubbers Co., na Shaftesbury Avenue. Ficamos impressionados com o que andavam fazendo com a borracha naquela loja. Inclusive objetos para sexo, que achei de péssimo gosto. Nem encostei. Umas capinhas que se colocam no pênis para evitar doenças venéreas ou gravidez indesejada. Quando eu vi, não entendi, mas logo um vendedor se apressou:

— Interessante, não? Desde 1855 apareceram no mercado esses primeiros preservativos de borracha. Muito mais seguros que bexiga de carneiro. Lavou, tá novo. Está saindo feito água. — Tentei evitar o olhar, mas a conversa estava apenas começando. — Estamos vendendo também bastante pênis. Temos vários tama...

Cortei o rapaz.

— Preciso de borracha fina para fazer bolas. Bolas de inflar.

— Pois não, me acompanhe até o balcão.

Finnegans falou no meu ouvido:

— Por que não leva um objeto para Miss Davies?

Fuzilei-o com um olhar mais duro que o pênis de borracha. E fomos ver o que nos interessava.

Ainda o Finnegans:

— Ela não é toda avançada?

Fiz que não ouvi.

Compramos 6 e não 4 metros quadrados. O preço estava bem em conta.

— E os bicos de inflar pneumáticos. Tem?

— Sim, senhor. Quatro bicos e uma bomba?

— Exato.

Finnegans levou duas tirinhas de borracha para ele. Disse que ia fazer um estilingue.

Deixamos tudo com *signore* Cappottani.

18. John e Sarah, segundo encontro

O dia em Londres tinha sido sombrio de manhã. As nuvens tinham cor de chumbo, e faziam as ruas cheias de lama parecer mais deprimentes. Seco pela tarde, seguido de uma neblina molhada e densa de noite. Havia lampiões na rua do Hotel Bertram. Eles eram como esboços de uma luz difusa que projetavam minicírculos cintilantes na calçada lisa. O brilho amarelo das vitrines irradiava uma luz sombria e incerta na rua repleta de pessoas.[43]

Quase ninguém usava mais máscaras contra a epidemia. Era um alívio e ao mesmo tempo um risco. Foram quase quinze anos difíceis para os londrinos.

No bar, levei uns quinze minutos explicando para Miss Davies — a Sarah Emily — o que eu fa-

---
43. Falou Conan Doyle!

zia em Londres de novo e como seria o futebol. Ela me acompanhou atentamente. Estávamos no lado inglês do Bertram. Não fez nenhuma pergunta. Até que falei da compra da borracha, sem entrar em detalhes sobre aqueles pecados. Culpa da Revolução Industrial, como eu e Finnegans havíamos concluído, à tarde, durante um passeio pelo Tâmisa.

Eu e ele havíamos ido de barca até Greenwich, onde está o meridiano zero. Acredite ou não, há uma espécie de muro de cimento de onde sai uma tirinha branca, como as de uma quadra de tênis, desce até a terra e segue em direção ao mato, entrando lá para dentro. E ninguém soube me explicar até onde aquilo ia. Coloquei um pé de cada lado da tirinha e senti que pisava dois mundos, dois fusos horários. Dei até uma tremidinha.

Voltemos para o bar, o uísque escocês e Sarah. Depois de tanto falar para ela sobre minhas compras em Londres e nossos projetos, quase detalhadamente, ela me disse:

— E vai ter mulher nisso aí, no esporte novo? Futebol?

Fiquei completamente sem jeito, sem palavras, e comecei a achar que aquilo devia ser o tal do feminismo. Acho que me saí bem:

— A princípio, não. Não temos alunas na universidade... Ainda, é claro!

— Sim, ainda!

Sarah era mesmo uma danadinha e sabia me cutucar. Nunca uma mulher havia me peitado — desculpe a expressão — assim. Devo contar que era estimulante conversar com ela. Verdade. Estimulante em vários sentidos.

Fui salvo pelo garçom:

— Desculpe, senhor, mas fechamos às dez. Querem mais uma dose?

Ela falou:

— Duas questões, senhor. Respondendo à sua pergunta, sim, a última dose. E me traga uma garrafa que eu vou levar. Coloque na minha conta, por favor.

— Em absoluto — eu disse. — Em absoluto.

— E a segunda questão, por que perguntou para ele e não para mim?

O garçom ficou vermelho, olhou para mim pedindo alguma ajuda.

— Perdoe, senhora. O pedido será feito.

Saiu, pisando meio duro. Ela pegou na minha mão. Senti um choque, um raio subiu dos meus pés até a cabeça. Devo ter arrepiado todos os pelos do meu corpo. Era a primeira vez na minha vida — fora minha mãe e vovó — que uma mulher encostava em mim. Pele com pele.

— Vamos tomar no meu quarto!

Me piscou com aquele jeito das inglesas do interior que ela ainda conservava.

Agora o raio desceu, como o meridiano de Greenwich que saiu da minha cabeça, desceu para debaixo da mesa, correu o bar todo, subiu pela janela procurando ar puro e sumiu.

*

Acordei — não sei quanto tempo depois — num lugar. Num quarto que definitivamente não era o meu, com certeza. A cabeça para o outro lado da cama.

Sarah Emily Davies estava ali. Nua, linda. De barriga — que barriga, Deus! — para cima. Nunca, nunquinha havia visto aquilo. Só os quadros de Rafael. Italiano, como o *signore* Giuseppe Cappottani. E a *Leda*, de Leonardo da Vinci, pintado no mesmo ano em que ele criou a bola. Olha as diabrices que eu estava pensando. Os pelos púbicos, ali, pela primeira vez na minha vida, nos meus olhos. E, se quisesse, nos meus dedos. Não tive coragem. Ainda.

Outro raio atingiu todo o quarto. O líquido dentro da garrafa, suavemente, mexeu, tenho certeza.

— O que aconteceu? — perguntei feito um adolescente idiota.

Meu Deus, eu também estava nu! Raios, trovões, cabeça estourando. Ela, de olho fechado, apenas abriu um sorrisinho gostoso:

— Tudo, menino, tudo...

— Tudo?

— Tudo, tudo mesmo! Tudo, tudo, tudo! Inclusive que o meu encontro com o reitor, lorde Laughton, ficou praticamente acertado. Hamis, querido!

— Claro, claro. — E pensei: e agora?

— Vou pegar uma toalha para você, *my hot boy*.

E caminhou pelo quarto até o banheiro, como quem não queria sair do caminho, flutuando, lisa. E ousou, no meio do caminho, já com a mão esquerda no batente da porta do banheiro, virar-se, colocar a mão nos lábios, depois soprar um beijo para mim. Aqueles pelos na axila esquerda me levaram a uma ereçãozinha... Bom! Eu estava quase para fazer 26 anos, pensei. Pensei na minha mãe, naquele momento. Nunca, nunca, nunca contei isso para ninguém. Nem para o padre no confessionário?

Porque o prazer não pode ser pecado, havia me ensinado um tio-avô padre.

Ela voltou com um ótimo e higiênico hálito matinal, me deu a toalha branca, uma escova bucal e dentifrício.

Teve mais.

*

No trem, de volta para Cambrigde, fui calado. Disse a Finnegans que havia bebido muito — e era verdade — e estava com uma enxaqueca dos diabos.

A tal da ereçãozinha da visão dela entrando na casa de banho durou acho que uns três ou quatro dias. Fixa. Ali e na cabeça.

Será que Mr. Finnegans Wake também era virgem? Conto ou não conto? Pergunto? Ai, Jesus amado...[44]

---

[44]. Fiquei impressionado com a citação de Deus, Jesus e o diabo que o nosso narrador fez logo depois de perder a virgindade. Fora a mãe! Mas Freud, em 1859, tinha apenas 3 anos de idade e brincava com sua mãe Amalie — que tinha 24 anos — lá na Áustria, sem complexo algum. Nem culpa.

Uma bomba caiu no capítulo 19

Chegamos a Cambridge ao cair da tarde, vindo de Londres. A carruagem do senhor reitor, inesperadamente, estava a nos aguardar na estação.

— Senhores, tenho ordens do milorde para levar imediatamente Mr. Wake até sua sala — disse o cocheiro Ulisses, imprimindo um tom mais pesado no imediatamente. — Se o senhor quiser, Mr. Watson, posso levá-lo até a Universidade.

Wake:

— Ele quer ver só a mim, Mr. Ulisses?

— Foi o que me disse. Me permite? — E pegou as nossas duas sacolas. E o pacote com as borrachas, bicos e soprador.

Wake, um pouco nervoso, meio atabalhoado, me disse que tinha um plano para o jogo de futebol.

— Qual? Um plano?

— Sim, nos falamos mais tarde. É uma conversa longa.

Senti que ele não estava querendo conversar, como se já soubesse de antemão o que o aguardava.

Fomos em silêncio durante o trajeto de não mais de quinze minutos. Wake preocupado. Preocupadíssimo. Esfregava as mãos num ritmo quase frenético. Comecei a ficar preocupado. Mas calei-me.

Esperei na sala de entrada do prédio da administração, enquanto Finnegans se dirigia — acompanhado pelo cocheiro — até as salas de lorde Laughton.

*

Soube depois, enquanto Finnegans arrumava suas malas para partir, que, além do reitor, estavam na sala dois seguranças da faculdade.

Lorde Laughton foi ríspido. Estava tenso.

— Sente-se, Mr. Wake. Escute-me com atenção. Esta carta — balançou-a com a mão esquerda, enquanto, com a outra, empurrou a vela para mais perto dele — é do Tribunal de Justiça de Dublin, sua adorável terra, para a Scotland Yard.

Também tenso e já imaginando do que se tratava, Finnegans tentou protelar a verdade com uma frase totalmente descabida.

— Por favor, senhor, o que é a Scotland Yard?

— Às vezes me esqueço que o senhor conhece pouco da Inglaterra e menos ainda de Londres. É a sede central ou quartel-general da Polícia Metropolitana de Londres. E como ela está instalada desde 1829 numa região chamada de Scotland Yard, ficou com o apelido, digamos assim.

— Sim, agora me lembrei. Minha cabeça está rodando com este convite do senhor.

— Não é para menos, senhor! Não é para menos!

Finnegans Wake, naquele momento, já sabia do que se tratava. Tentava se manter tranquilo, mas o olhar do senhor reitor era repreensivo, penetrante.

— Leia a carta do tribunal irlandês.

Em silêncio e dando uns soluços, meio atabalhoadamente, ele foi lendo, como se já estivesse cansado de saber do que se tratava. Devolveu o papel.

Lorde Laughton estava bastante severo com ele.

— E este outro documento aqui — balançou com a outra mão — é um pedido do tribunal irlandês para que a Scotland Yard translade o senhor de Londres para Dublin. Ou melhor, até um porto em

Gales. O senhor deve pegar um trem amanhã cedo em Londres para Gales e depois um barco para a sua terra. Lá em Holyhead, outro barco da polícia de Dublin esperará o senhor. Sinto muito, Mr. Wake.

Para os seguranças:

— Os policiais estão aqui na A&B Guest House, na Tenison Road, 124, Mr. Ulisses.

Para Finnegans:

— Antes, o senhor passe no *Financial Sector* para acertar a sua conta.

— Estou demitido?

— Em nome de Sua Alteza Real Victoria, sua amiga, sim.

Lorde Laughton se levantou e não estendeu as mãos.

— O senhor não pode fazer nada? Interferir, nada? Talvez falar com a rainha — deu um sorriso forçadíssimo —, nossa amiga...

O reitor fez que não ouviu, me contou Finn.

— Depois arrume seus pertences e Mr. Ulisses o levará até a Tenison Road, ao A&B, com dois seguranças.

Ele então se levantou, indicando que estava terminada a audiência. Foi até a porta e a abriu.

— Miss Dietrich, o professor Wake não é mais funcionário da nossa universidade.

Miss Dietrich ficou branca e só não se levantou porque cairia desmaiada.

— Ó...

Finnegans Wake jogou um beijinho para ela. Saiu acompanhado de perto por Mr. Ulisses.

— E me agradeça por manter os policiais longe da universidade. Para evitar constrangimento para o senhor e para a instituição. Passar bem, senhor — disse, visivelmente irritado.

— Adeus, senhorita! Foi um amável prazer conviver com a senhora.

Mr. Wake tentou dar um beijo na testa dela, mas acertou o chapeuzinho amarelo.

Charles Laughton voltou para sua sala, Miss Dietrich entrou junto.

— Desculpa, milorde, mas... Assim, repentinamente? Deve ter feito algo muito grave.

— Gravíssimo. Traga-me uma dose daquele rum cubano. Aliás, duas!

Bateram à porta.

Entrou Finnegans também chorando:

— Senhor, o senhor Watson pode me acompanhar até o meu chalé enquanto arrumo "meus pertences"?

— Claro, evidente.

Finnegans levanta a boina agradecendo, sai quase fechando a porta, mas ainda diz:

— O mundo dá muitas voltas, senhor reitor! Muitas. Quero que a sua universidade... quero que ela... se...

Lorde Laughton levanta-se e pega uma bengala que estava ali de enfeite.

— Some daqui, pederasta!

Lá do corredor, ouviu-se nitidamente:

— ... se foda!

— Desculpe, Lili, ele está muito alterado. Acho que foi a última vez que vimos Mr. Wake. Ele vai para a cadeia na Irlanda... O rum, o rum!

Ela sai dizendo:

— Jesus, Maria e José... Jesus, Maria e José... Apiedem-se da alma deste pobre pecador.

20. A despedida

— Você pode ficar com todos os meus livros, Watson. Acho que temos os mesmos interesses.

— Obrigado.

Finnegans foi jogando suas roupas e pertences pessoais de qualquer jeito dentro de uma sacola grande, de couro.

— Não deixe sua mala de couro molhar porque o peso pode duplicar — e sorriu com a própria brincadeira, tentando desanuviar o ambiente pesado.

De repente Wake, que estava num vaivém entre o seu armário e a mala, sentou-se na cama, esticou a mão oferecendo a única cadeira do chalé. Acendeu mais uma vela, perto de mim.

— Meu amigo, se não quiser contar, fique tranquilo.

— Preciso falar com alguém. E nada melhor do que o meu melhor amigo inglês. Talvez único. Fiquei decepcionado com o reitor...

— Fique à vontade, companheiro. Parceiro!

— Pouco antes de vir para cá ocupar o cargo de professor de Educação Física, eu havia fugido da polícia de Dublin. Estava sendo procurado em toda a Irlanda. Sou um foragido. Um primo teve a coragem de me levar num pequeno barco de pesca até Gales. Vim escondido no porão, fugindo até da tripulação, que eram dois jovens marujos que não tinham ideia de quem eu era ou tivesse feito. Eu estava sendo procurado sob a alcunha de "maníaco sexual"... — E olhou para mim a partir da palavra maníaco.

Não consegui disfarçar. Estatelei os olhos, fiquei atônito e, se fosse um romance de Charles Dickens, teria bradado um *ó!*.

Ele percebeu.

— E talvez seja. Estou sendo levado para ser julgado. Doze jurados e quatro juízes me aguardam na minha terra.

Ele tomou um copo de água. Eu bebia uma cerveja preta um tanto quente, desagradável. Ou seria a conversa desagradável? Ele bebeu água e estalou a língua:

— Foi há uns três anos, portanto. Em Dublin existe um parque imenso, dizem que é o maior parque urbano da Europa, o Phoenix Park. Foi... Uma tarde bonita, não me esqueço. Muito sol, céu azul, tinindo. Eu tinha fumado muita maconha... Tinha bebido absinto! Que isso não sirva para me inocentar. É costume nosso ficar deitado no parque no verão tomando sol. Arregaçam-se as mangas de camisas, calças e saias e se aproveita os raios. E eu vinha caminhando, com a garrafa na mão... Já tomou absinto?

— Um golinho uma vez e nunca mais.

— Tem 70% de álcool. Mais a maconha... A verdade é que eu fui chegando perto, passando por perto daquelas senhoras, moças... Sei lá. Loucura, Watson! Algumas sem sustentador.[45]

— Fala de uma vez, amigo... Tinha crianças?

— Dei um grito, todas me olharam, tirei o negócio para fora e balancei na cara delas. Foi uma debandada. Tinha crianças...

— Ó!

---
45. Sutiã.

— Estava duro, Watson! Duro, muito duro.

Começou a chorar copiosamente, como dizem os maus romancistas ingleses. E eu, talvez covarde, não tive a coragem de abraçá-lo, de dar um beijo. Não sabia o que dizer, o que fazer, pensei na minha mãe, minha irmã, minhas duas sobrinhas. E pensava: "duro, ainda por cima". Só pensava nisso.

E foi me dando uma pena e raiva ao mesmo tempo do meu amigo, que eu achei que o melhor que podia fazer era ir embora. Imediatamente. Ainda o ouvi dizer:

— Obrigado por escutar — e caiu no choro.

Fui saindo e fechei a porta silenciosamente, como se saísse de uma sala onde alguém tivesse acabado de morrer.[46]

Lá fora, quase encostados à porta, os seguranças da universidade e o cocheiro Ulisses talvez tenham ouvido boa parte da confissão.

— É melhor você entrar e ficar com ele — disse, ao passar pelos desgastados degraus.

— Sim, senhor.

Fui caminhando pela alameda, tonto, desorientado, com a mão esquerda em concha para evitar

---

[46]. Obrigado, Raymond Chandler. As frases citadas de Raymond Chandler foram traduzidas por Beatriz Viegas-Faria e Bráulio Tavares.

que a vela do castiçal se apagasse. Nunca em minha vida havia vivido aquela sensação, que, confesso, não sei registrar em palavras. Hoje, mais de trinta anos depois, ao escrever aqui e agora, ainda sinto aquela sensação. Aquela vela tremeluzindo.

Eu voltaria a me encontrar com ele, depois de alguns anos? "Mr. Finnegans Wake, que Deus o proteja", consegui murmurar enquanto colocava a chave na porta do meu chalé.

Que porra de merda, como diria Sarah Emily!

Na manhã seguinte acordei bem cedo, ou melhor, não consegui dormir nem um minuto. Uma noite em branco para mim é tão rara quanto um carteiro gordo, nem sei por que pensei nisso.[47]

Fui para a porta do chalé dele e fiquei esperando ao lado dos seguranças e do cocheiro Ulisses.

Que, depois de meia hora, bateu à porta.

— Senhor, estamos na hora.

A porta se abriu e saiu Finnegans. Vi que ficou feliz em me ver ali. Também não havia dormido. Com certeza.

Demos um abraço, sem lágrimas, sem palavras.

---
47. Pensou, porque também é do Chandler.

Ele tirou um pequeno embrulho do bolso e colocou no meu casaco.

— Veja depois.

Eu me afastei sem olhar para trás, enquanto os quatro se preparavam para entrar na carruagem.

Desembrulhei o presente. Era um belo estilingue que ele havia feito com aquelas tirinhas de borracha da All In.

Ouvi, já a distância, a última frase de Finnegans Wake, para o cocheiro Ulisses:

— Eu nunca deveria ter saído da Irlanda! Sabia que ninguém me entenderia.

Lembrei-me e saí correndo atrás.

— Finnegans, Finnegans, e o plano? Qual é o plano?

Ele colocou a cabeça para fora:

— O quê?

Eu, correndo:

— O plano, o plano do futebol.

O cabriolé ia se afastando e ele gritou:

— Um, dois, três, cinco!

E eu, mais alto:

— Mil, duzentos e trinta e cinco?

Ele, cada vez mais distante, eu no meio da poeira que os cavalos e as rodas levantavam:

— Não. Um, dois, três, cinco!

Eu já não ouvia nem enxergava nada. E muito menos entendia que plano era aquele.

Foi quando percebi que estava com os olhos cheios de lágrimas.

Segunda etapa

21. À beira do gramado, um senhor falante

Eu estava dando a aula de Educação Física para a minha classe quando um senhor de uns 50 anos,[48] muito elegantemente vestido, se aproximou do gramado e ficou observando meus alunos fazerem flexões. Ele veio se aproximando, como quem não quer nada:

— Permita que me apresente.

— Senhor, estou dando aula. Perdão.

Tinha uma longa barba, começando a criar cãs, tornando-a cinza, e uma careca incipiente que prometia chegar longe em pouco tempo.

— É muito importante, meu jovem. Meu nome é Charles. Pode me dar cinco minutos?

---

48. Watson acertou. Aquele senhor nasceu em 12 de fevereiro de 1809. Tinha, portanto, exatos 50 anos.

Olhei para ele, tinha uma cara boa, não posso negar. De meia-idade, com certa pose, vestido como se nem ligasse para aquilo.

Assoviei e gritei para meus alunos.

— Todo mundo correndo de frente até o carvalho e voltando de costas. Cinco vezes, ida e volta — e virei-me para ele.

— Como é mesmo seu nome?

— Perdão, Darwin. Charles Darwin. Ex-aluno.

— Pois não, Mr. Darwin.

E apertei a mão dele. Fria como aquele final de novembro.

Ele, olhando em volta, tentando alcançar o mais longe possível os limites da universidade.

— Estudei aqui. Há quase trinta anos. Medicina. Não me formei. Vim obrigado pelo meu pai. Ele e meu avô foram médicos. Confesso que matava as aulas, gostava de pesquisar insetos ali no bosque. Bem, vamos ao que interessa. Estive agora com meu querido lorde Laughton. Vim trazer alguns exemplares de um livro que acabei de escrever sobre a evolução das espécies. Vai para as boas livrarias e bibliotecas agora no final de novembro. Lançamento dia 24.

Confesso que não conseguia entender o que aquele homem queria comigo ali, na beira do gramado.

— Ele me disse que o senhor está criando um esporte. *Feetball.*

— *Football!*

— Isso. Vou tentar ser rápido. Larguei a universidade para participar de um convite irrecusável. Uma viagem através de toda a costa sul-americana, durante alguns anos, para fazer o mapeamento estratigráfico da região. Sabe o que é estratigráfico, com certeza.

— Claro. Evidentemente.

— *Well*, estive em toda a costa do Brasil, Uruguai e Argentina. No Brasil fiquei assustado com a escravidão e a corrupção. Não é assunto para agora. Vi garotos chutando uma espécie de bola de pano nas praias de Recife, Salvador e na baía da Guanabara, na cidade de São Sebastião do Rio de Janeiro, principalmente. Parava para olhar aquilo.

— Que interessante — disse eu, já quase enfadado.

— Sim. Mas o mais interessante é o que eu vou lhe dizer agora. Os negros são muito melhores. Muito superiores. Eles têm um jogo de corpo, de cintura, que usam na dança e nos jogos. Os negros bamboleiam, percebe? Os europeus são duros — aponta meus alunos correndo —, olha lá. Os meninos da Bretanha não sabem correr. Acho que o futebol nunca será um esporte bretão. A não ser que o senhor traga uns rapazes negros das colônias inglesas da África. — Estendeu a mão para se despedir. — Pegue um dos exemplares do meu livro com lorde Laughton.

Foi saindo.

— Boa sorte, professor. Lembre-se: os negros, os negros!

E sumiu, assim como havia aparecido.

Conversa mais absurda... Charles do que, mesmo? E hoje ainda tenho que conversar com o professor Maxwell, de física. Espero que eu entenda o que vai me dizer...

De repente um dos meninos dos Ackroyd, negro, atravessou o campo correndo, desviando dos meus alunos, carregando sua garrafinha de leite. Segui sua investida com os olhos. Ele de fato era diferente dos brancos. Além de mais veloz. E tinha o correr bem balanceado!

— Darwin... Acho que é isso... Darwin! Charles Darwin![49]

---

49. Conta Kátia Leite Mansur, do Departamento de Geologia da UFRJ: "Darwin ficou muito tempo no Rio, onde fez observações sociais, levantou questões relativas à escravidão e ainda coletou muita coisa, descreveu muitas plantas, bichos e rochas. No tempo que passou no interior viu coisas que nunca tinha visto, restingas, borboletas. Também descreveu os lugares por onde passou, as hospedarias, igrejas, as comidas, as pessoas. E é um relato muito poético, muito bonito!"

22. A origem das espécies e o príncipe nas origens

— Lorde Laughton, o que é estratigráfico?
— Ora, ora, o próprio nome já diz. — Mudou de assunto. — Você se encontrou com o nosso antigo aluno Darwin lá embaixo. Vi daqui de cima.
— Sim, me pediu para pegar um livro com o senhor. E o que é bambolear?
— Do grego *bambaínein*, *bambalízeim*, tremer, requebrar, gingar. Já gingar[50] tem origem em Moçambique.

Enquanto falava, foi até a estante e pegou um dos cinco exemplares de capa dura. Voltou, ficou admirando a capa, esperando, talvez, que eu esquecesse do estratigráfico. Mudou de assunto, o bom velhinho.

---
50. *Waddle*, gingar, bambolear.

— O pai dele foi um médico famoso nos anos 1820 e 1830, o dr. Robert Darwin. Colocou-o na faculdade de Medicina. O pai do dr. Robert também era médico. Ele era um péssimo aluno, o neto, principalmente quando tinha que assistir a uma operação cirúrgica sem anestesia. O garoto tinha 16 anos e preferia ficar correndo de cavalo ali pelas alamedas e praticando tiro ao alvo.

Peguei o livro em cima da mesa.

On the Origin of Species by Means of Natural Selection — First edition, 1859.[51]

O chanceler aponta o livro:

— A proposta dele, do nosso ex-aluno Darwin, é que as espécies se originaram por meios inteiramente naturais, o que talvez dê um soco na crença religiosa na criação divina da Bíblia, no livro de Gênesis. Pá!

— Meu Deus! — folheei o livro. — Gostei do título. Eu poderia mais tarde escrever um livro: *Sobre a origem do futebol.*

---

51. Sobre a origem das espécies por meio da seleção natural, 1. ed., 1859. O livro foi lançado pela primeira vez em 24 de novembro de 1859, uma quinta-feira, com 1.250 exemplares, e com o preço de 15 xelins. A segunda edição apareceu rapidamente, em menos de dois meses, em 7 de janeiro de 1860, com 3.000 cópias.

— O nome é bom. Faça isso.

— Talvez, um dia. Sempre gostei muito de escrever, era bom em redação. *Sobre a origem do futebol!* Fiquei pensando.

— No final dos anos 1820 o pai dele o matriculou na faculdade de Artes, aqui na universidade, para que ele se tornasse um clérigo. O negócio dele eram os bichinhos do mato. Besouros!

— E o livro, já deu uma olhada?

— Ele ficou comigo quase três horas ontem. Contou-me quase tudo. Fui seu pró-reitor. É um bom rapaz. Pelo que me contou, acho que Mr. Darwin está procurando sarna para se coçar. Fique com este para você. Depois me conte. Não sei se vou ter paciência para ler. Leia e me conte — e sorriu. — É uma ordem.

— Pode deixar. Senhor, mudando totalmente de assunto, queria pedir sua autorização para escolher outro professor para trabalhar comigo no projeto do futebol.

— Claro, claro. Tem alguém em vista?

— Não, ainda não pude pensar no caso. O escândalo de Mr. Wake não sai da minha cabeça.

— E eu acho que fui muito rude com ele...

*

No mesmo instante, na salinha contígua, Miss Dietrich tricotava, sussurrando:

— Um tricô, laçada, dois pontos; um tricô, laçada, dois pontos juntos...

Duas batidas na porta. Ninguém tinha hora marcada. Colocou o material em cima da mesa e se levantou para ir abrir. A porta abriu antes.

Entrou um rapaz todo ruivo, com uma roupa cheia de estardalhaços, bateu as duas botas maravilhosamente enceradas uma na outra, esticou o braço para a porta, que deixou aberta:

— Sua Alteza Albert Edward, do Reino Unido da Grã-Bretanha e Irlanda! Príncipe de Gales!

Entra Sua Alteza. Miss Dietrich viu o filho da rainha, o príncipe de Gales. Foi dar aquela agachadinha para a reverência, caiu como se não tivesse ossos, como se os joelhos tivessem dobradiças em todas as direções.[52]

Os dois a socorreram antes que metesse o nariz no tapete dito persa. Estava desmaiada. Colocaram-na sentada, jogaram água no seu rosto, ela foi voltando a si, olhou novamente para o príncipe,

---

52. Obrigado, Raymond Chandler, pelo tombo.

esticou o braço até a escrivaninha, pegou um lápis e um pedacinho de papel e esticou para ele.

— Autóg... Autógrafo...

O príncipe riu. Os dois a acomodaram na cadeira. O príncipe pegou a caneta Goldpen que estava em cima da escrivaninha.

— Qual o nome, senhora?

— Miss Dietrich, *s'il vous plait*. Lili Fassbinder Dietrich. Com dois esses no Fassbinder...

*

No outro lado da segunda porta, eu folheava o livro, vendo as figurinhas, por enquanto. Lorde Laughton foi até uma estante, abriu uma portinhola. Eu estava meio de costas para ele.

— Veja, Mr. Watson!

Virei-me e Mr. Laughton estava com uma enorme cartola preta na cabeça, com um laço de seda gris meio escandaloso. Esforcei-me para não rir.

— O que é isso, milorde?

Sentou-se na minha frente:

— Para usar no primeiro jogo com uma equipe de fora. Porque logo a notícia vai correr por todo o país. Teremos adversários! Aguardemos.

Súbito, Miss Dietrich deu uma batidinha e entrou, passando um lencinho no colo molhado, e tentou falar... Tentou.

— Su... Su... Sua!

— Minha o quê?

— Sua...

— Está suando? Toda molhada?

Entrou Sua Alteza, já que a porta estava aberta. Ela:

— Ele!

Saiu rápido e fechou a porta. Nós dois olhamos para o sujeito, sem entender nada. Quem era aquele rapaz que entrara sem bater, usando um bom fraque e colete de tecido grosso, calças clarinhas, com os punhos e colarinhos completamente brancos? Suas botas, com um pequeno salto, eram igualmente brancas. E, como o reitor, de cartola. Só eu não tinha cartola ali.

— Desculpe o traje idiota. Minha mãe exigiu que eu me apresentasse assim.

Retirou solenemente a cartola e colocou junto à lateral do abdômen, prendendo-a com o braço esquerdo. Fiz sinal para o reitor com uma esticadinha do queixo, disfarçada. Ele caiu em si, tirou sua cartola e imitou o visitante, dizendo num tom meio debochado:

— E quem é a sua mãe, meu jovem? Poderia saber?

— Victoria.

— Victoria... Victoria... — quase soletrava, tentando se lembrar de alguma Victoria. — A única que conheço é Sua Majesta... — caiu a ficha!

— Albert Charles!

Levantou-se e se curvou em reverência. Eu fiz o mesmo, imaginando que fosse o príncipe.

— Sua Alteza!

Aproveitei o clima:

— Sua Alteza!

— Albert Edward, milorde. Albert Edward!

— Claro, claro. Albert Edward! Não sei onde estava com a cabeça... Charles *c'est moi*!

Ele foi simpático:

— Sentem-se, senhores. Ainda não sou rei.

Lorde Laughton tocou a campainha.

— Nem continência?

— Senhor, sou tenente-coronel desde o ano passado, quando completei dezoito anos, por pura invenção da minha mãe, que é chegada nessas honrarias... Como o cavalo de Calígula, o *Incitatus*, que significa impetuoso. O Calígula entrou numa[53] de nomear o cavalo senador. E não sei se sabem, mas o equino em questão era enfeitado com um colar de pedras preciosas e dormia no meio de mantas de cor púrpura, que eram destinadas apenas a trajes imperiais.

— Impressionante, jovem. Impressionante. Toma alguma coisa?

— Gosto muito de história.

— Ótimo. Você terá aulas com Charles Kingsley, nosso maior mestre em história geral e do nosso reino.

— O romancista?

— Sim, ele mesmo. Nosso professor de história.

— Será uma grande honra!

— Bebe o quê?

— O que temos?

O reitor quis fazer uma piada, pensando na rainha.

— Só não temos maconha.

— Temos chá? — disse, com um sorrisinho.

---

53. Albert Edward, como Sarah, tinha um certo palavreado.

Miss Dietrich colocou a cabeça para fora da porta.

— Chá, senhorita.

Ela sai de novo.

— Por favor, vamos conviver alguns anos juntos. Portanto, nada de Sua Alteza pra cá, pra lá, ficar se agachando quando entro, saio. Em Oxford tinha essa merda!

— Ohhhhh!

— Prefiro que me chamem de Eduardo. Ou Ed, como em casa.

— Pois não, Ed. Apresento o nosso professor de Educação Física, John. John H. Watson.

Estendi a mão normalmente e nos cumprimentamos como dois adultos simples.

— Muito prazer, Ed.

— Da mesma forma. Foi você quem esteve com a rainha enquanto eu estava em Roma, não é? O senhor, o senhor e tinha um irlandês. Ou galês?

— Irlandês. Não se encontra mais entre nós.

— Faleceu?

— Não, não. Foi servir ao exército em Dublin.

— Isso.

O isso fui eu quem disse.

— E como vai o novo esporte — deu uma risadinha — que Victoria encomendou?

— De vento em popa. A todo vapor! — Ficou quieto, ninguém falou nada, clima, e lorde Laughton disse a primeira bobagem que lhe veio à cabeça. — Vamos acompanhá-lo até seus aposentos.

— Já? E o chá? — perguntou o príncipe.

Entrou Lili sorrindo pelos cotovelos. Mas segurando a bandeja do serviço de chá com as mãos tremendo.

Depois ainda conversamos durante uma hora. Vinte minutos para falar mal do pai dele, vinte para falar mal da mãe e vinte para falar nada sobre nada.

Acabamos gostando dele. Tudo que ele queria era ficar longe do maldito castelo onde havia nascido, das pompas e das pombas de Trafalgar Square, aonde ele ia sempre — disfarçado — para passar horas na National Gallery. Gostava dos italianos do Renascimento. E para mostrar cultura falou do paisagismo britânico entre o impressionismo e a Revolução Industrial. Mas não foi enfadonho.

O chanceler o cortou:

— Mr. Watson vai acompanhá-lo até seu chalé. E espero que falem de futebol.

— Estou muito curioso. Adorei a história de um esporte apenas com os pés.

Emendei:

— E a cabeça — quando caí em mim: — Como você sabe disso?

Ele riu:

— Londres ainda é uma cidade pequena. Conheço muito bem o *signore* Giuseppe Cappottani, que tem muitos clientes lá. Já fez algum serviço para a rainha.

— Quem é o *signore* Cappottani que está tão bem-informado, Ed? — indagou o lorde já todo íntimo.

Eu expliquei.

— Foi o senhor quem nos indicou. É o homem da bola. Trabalha com couro. Falei para o senhor.

— Tô com a cabeça... Sim, sim, aquela história da bola do Da Vinci. E, por falar nisso, como anda a construção da bola?

— Para os próximos dias.

Nosso reitor mudou totalmente de assunto.

— Sua Alteza disse que Londres é uma cidade pequena. Desculpe-me não concordar. Que eu saiba, já tem mais de 1 milhão de habitantes!

— Quase 2, segundo os estatísticos de Buckingham.

— Estou dizendo assim porque quero uma informação de alguém lá de dentro. A epidemia, ou epidemia do cólera, está mesmo controlada?

— Até o ano que vem não teremos mais contaminados nem mais mortes. Estamos acabando com o "grande fedor", causado pelo mau cheiro do Tâmisa. Até algumas sessões do Parlamento foram suspensas.

— Sim, a regata Cambridge x Oxford continua cancelada mais um ano — adendou o chanceler, fazendo cara de mau cheiro.

— Sim! O problema eram os esgotos. Dali saíam as bactérias. Em 1855 concluímos a obra do Metropolitan Board of Works para fornecer à cidade a infraestrutura necessária a seu crescimento com um sistema de esgoto condizente com a capital. Podem relaxar. Não precisam mais usar máscaras. E aproveitamos que estávamos trabalhando lá embaixo e começamos a construir o primeiro *underground*[54] do mundo. Como podem ver, depois de toda calamidade, vem um período de prosperidade. Londres nunca mais será a mesma depois do *underground*.

---

54. É como é conhecido o metrô de Londres até hoje. Foi inaugurado em 1863! *Underground*: subterrâneo.

— Me explica como vai funcionar o tal do *underground*. Carroças puxadas a cavalo?

— Trens, sobre trilhos.

— Lá embaixo? — pasmou nosso lorde. Ed confirmou com a cabeça, como quem dizia "para o senhor ver". — É o fim do mundo!

23. Miss Dietrich recebe Miss Davies

Horas depois, enquanto eu ia acomodar o príncipe, Miss Dietrich abriu a porta que dava para o corredor, mais uma vez.

— Miss Davies, eu presumo[55] — disse, muito feliz.

— Miss Dietrich.

— Vamos entrando. É um prazer imenso, Miss Davies.

— Por favor, me chame de Sarah.

— Sim, como Mr. Watson se refere à senhorita, Sarah. E você, por favor, me chame de Lili.

Sarah gostou de ouvir aquilo. Sorriu para Miss Dietrich. E esta retribuiu com um sorrisinho cúmplice.

---

55. Péssima tradução.

— Sente-se, por favor.

Entrou na sala do chefe. Sarah sentou-se e viu que havia umas quatro ou cinco revistas em cima da mesinha de centro. Edições da sua revista.

Sorriu como se a sua leitora velhinha estivesse ali para ver. E recostou-se devagar, como se fosse a queda da última folha de uma árvore já morta.[56]

*

Coincidência ou não, Sua Alteza — ou Ed — iria ocupar o mesmo chalé que até pouco tempo antes era a residência do já saudoso Finnegans Wake.

Abriu a sua mala e primeiramente tirou uma pequena pintura a óleo, de uns trinta por vinte, de um garotinho vestido de marinheiro como se fosse carnaval. Na cabeça, um chapéu um pouco grande para ele cobria parte do seu vasto cabelinho loiro e todo encaracolado. Não se poderia dizer quão careca ficaria quando sucedeu a rainha Victoria, sua mamãe.

— Sou eu! Levo o quadro para todo lado.

— Quantos anos você tinha?

---

56. Sempre o Chandler a me ajudar.

— Foi uma dificuldade posar. Tinha 5 anos. Foi o pintor do palácio quem fez.

E começou a desarrumar a mala e colocar suas roupas nas gavetas. Fazia aquilo devagar, como se tivesse esquecido o que estava fazendo.[57] E falando.

— Na verdade, professor, não sei ainda que curso vou fazer. Tudo que eu queria era me afastar de Buckingham. O senhor não pode fazer a menor ideia do que seja ser um príncipe.

— Imagino.

— Pois pode imaginar muito mais. Depois quero conversar com lorde Laughton e perguntar se posso assistir aulas em *colleges*[58] diferentes este semestre para ter uma visão total que me possa ser útil a partir do falecimento de mamãe.

— Não entendi. Perdão.

— Professor, quando mamãe morrer eu viro rei! Automaticamente. Pá-pum!

— É verdade.

Aquele rapazinho agachado aos meus pés era o futuro rei do Reino Unido. Como ele pediu, para mim já era Ed. No máximo Eduardo. Albert Edward. Havia me dito no caminho que não gostava

---

57. Sim, Chandler.
58. Faculdades.

de Albert, que era o nome do seu pai, o príncipe consorte, que viria a morrer dali a dois anos, em 1861.

De súbito, como dizem os livros mal traduzidos, ele acha um pedaço de papel no fundo da gaveta, o amassa e joga para trás. De relance — outro cacoete dos tradutores — deu para ver que havia uns desenhos. Abaixei-me, peguei a folha e desamassei. E logo percebi do que se tratava. Guardei no bolso. Depois iria estudar aquilo com calma. Talvez o futuro do futebol estivesse ali.

Batem à porta — céus, a tradução hoje está péssima! Vou atender, era um garotinho de entrega do prédio da administração.

— Boa tarde, professor. Me disseram que o senhor estaria aqui. Telegrama de Londres. Aliás, dois.

Entregou-me, não abri.

— Muito obrigado.

O garoto, baixinho, para mim:

— Posso ver o reizinho, só um pouquinho.

— Chispa! (Cáspite, que palavra é essa?) Chispa, menino!

O menino saiu correndo. Ainda na porta vi que um era do *signore* Cappottani, e o outro, de Miss Sarah Emily Davies, de quem, confesso, estava morrendo de saudades.

Ed se levantou para esticar os braços e esticar as pernas.

— Espero que sejam boas notícias. Fique à vontade.

— Obrigado.

Bolas pronta (assim mesmo, sem o plural, escreveu o italiano). *Levo amanhã tarde pt pagamento contra entrega pt Cappottani*

E o outro:

Chego universidade hoje final tarde pt love

Tirei o relógio que havia sido do meu avô igualmente John e olhei as horas.

"Ela já deve ter chegado..."

A primeira coisa em que pensei foi um banho.

— Ed, já tenho um compromisso marcado para hoje à noite, mas amanhã vamos conversar no almoço? Podemos comer fora da universidade! Tenho uma proposta para fazer.

— Sim, sim, fique à vontade, professor. E muito obrigado por tudo.

Fui fazer uma reverência para sair.

— Para com isso! Serei seu aluno.

E ele, então, fez a reverência.

24. Sarah Emily Davies conhece Charles Laughton

Sarah estava diante do reitor, que folheava sua revista (dela) calmamente, melando seu cachimbo. Depois, com toda calma, largou-o na mesa, à esquerda. Soltou uma baforada.

— A senhorita não vai acreditar, mas conheci o senhor seu pai.

— Realmente (olha a tradução)? Como?

— Há mais de vinte anos houve um congresso em Londres, organizado pela University College London, a UCL, como é conhecida. "A Universidade do Povo." Aliás, lembrei-me bem agora. Foi em 1836, a aula inaugural. Eu era pró-reitor na época, e Mr. Davies era catedrático em língua inglesa lá na sua cidade. Como é mesmo o nome, minha filha?

Quando ele falou "minha filha", Sarah me contaria depois, sentiu que alguma coisa boa poderia sair daquele encontro.

— Gateshead.

— Isso, Gateshead. Ao lado de Newcastle, pois não? Teve o incêndio há pouco tempo.

— Isso. Pois é, lorde Laughton. Queria explicar ao senhor o motivo da minha presença.

— Não precisa, minha filha. Minha assistente, Miss Dietrich, sua leitora convicta e irrestrita, já me adiantou seus planos futuros...

— Espero que não sejam tão futuros assim.

Sorriu.

— Estou tentando me lembrar de quem deu a aula inaugural. Na UCL.

Compenetrou-se nos seus pensamentos. Um silêncio na sala. Ele estalou os dedos indicador e médio.

— Foi o primeiro-ministro! Como era mesmo o nome dele? Foi antes de lorde John Russell. Estou com o nome na ponta da língua...

— Eu era muito jovem em 1836...

— William Lamb! Eis! E digo mais: visconde de Melbourne! Segundo visconde de Melbourne.

— Que memória extraordinária!

— Não, minha filha. Está falhando. Foi apenas há vinte e poucos anos. É que mudam tanto, não é?

— Sim, de lá para cá, tivemos seis primeiros--ministros. Em 23 anos.

Ele ficou assustado com o saber da moça.

— E como é que você sabe disto?

— Por que, o senhor acha que só os homens estudam?

Tóim!

Chupou o cachimbo, não saiu fumaça. Começou a colocar mais fumo. Sorriu para ela.

— Muito espertinha, minha cara Sarah. Isso que é o tal de feminismo?

— Tem coisas muito melhores.

— Deixemos para um próximo encontro.

Começou a procurar algo em cima da mesa, não achou, apertou a campainha para chamar Miss Dietrich, que logo colocou a cabeça na porta semiaberta.

— Consegui perder os meus fósforos diante da inteligência de sua autora predileta.

Sarah virou-se e, sem que o reitor visse, piscou para a ávida leitora e, daqui em diante, importantíssima aliada.

Ficaram apenas se encarando, de um jeito meio curioso, meio hostil e ao mesmo tempo simpático, como novos vizinhos, me contaria ela naquela mesma noite.

— A senhorita também conheceu nosso professor Mr. Watson, não é? Numa das viagens dele a Londres.

— Sim, costumamos nos hospedar sempre no mesmo hotel.

— Sim, o Bertram. Trouxe para o senhor um projeto escrito do que pretendo fazer aqui na faculdade.

Passou para ele um calhamaçozinho de umas dez páginas. Ele pegou, balançou como para sentir o peso, sorriu de novo.

— Posso te chamar de Sarah? Afinal, tenho idade para ser seu avô.

— Não exagere, senhor.

— Não posso?

— Perdão, senhor reitor, estou me referindo às nossas idades. Filha, talvez.

— Está bem, minha filha Sarah. Vou ler sua escrevinhação. Não prometo nada.

— Ótimo.

Despediram-se. Ela saiu, cruzou com os fósforos que iam chegando. Ficou na salinha esperando Miss Dietrich voltar.

— Miss Dietrich, por favor, onde posso encontrar Mr. Watson?

Ela entregou um pedacinho de papel para Sarah e sorriu completamente cúmplice daquilo tudo.

— Tenham um bom jantar.

25. Sexto mandamento

Na verdade, no dia da ida do Finnegans preso, eu não dormi. Foi o que eu escrevi aqui. Depois, devo confessar a você, leitora ou leitor, percebi que não era apenas a prisão de Mr. Wake e a poeira do coche que me atazanavam a cabeça.

Desde que eu soubera que Sarah viria até Cambridge que a minha cabeça dava reviravoltas. Sim, a culpa cristã ocidental. O pecado mortal que era o tal do sexto mandamento. E agora estou aqui dentro desta banheira de água quente a me lavar, a me esfregar e já a me excitar. Não consigo esquecer o pecado mortal que cometi. E vou cometer hoje de novo.

Ao me vestir, já havia me decidido a procurar o padre Arientti Zavattaro, da nossa belíssima capela católica lá da universidade. Era sábado, final do dia, ele estaria lá. Era o dia das confissões. Sabia que teria fila, levei um livrinho edificante para ler em pé.

Na fila, quando alguém me olhava ou cumprimentava, minha culpa aumentava, chegava a quase suar. Quase. Era como se todos ali soubessem da depravação que eu vinha vivendo. O padre Arientti iria aliviar minhas preocupações. Era um santo homem.

Eu não me confessava desde a minha primeira comunhão, havia quase vinte anos. Tinha que tirar aquilo da consciência. Da inconsciência também. Não iria rever Sarah com minhocas na cabeça.

Chegou a minha vez. Os pecados dos que estavam na minha frente deviam ser pequenos, dois garotos e uma senhora bem velhinha a quem, inclusive, ajudei a se levantar quando terminou.

Ajoelhei-me no confessionário.

Padre Arientti ainda com seu forte sotaque siciliano e seu hálito de vinho:

— Diga o ato de contrição, meu filho.

O que seria aquilo?

— Como?

— O ato de contrição.

— Desculpa, padre, mas não sei.

Do lado da janelinha lateral saiu um braço envolto numa batina preta com um papel impresso na mão.

— Pega ali, pega ali.

— Onde, padre, onde?

— Olha para a sua esquerda. Isso. Assim, meu bom menino. Agora faça o sinal da cruz e leia.

Fiz o sinal da cruz enquanto batia o olho no pedaço de papel, que milhares de péssimos católicos como eu já haviam pego. Estava marrom, com rasgadinho dos dois lados. Dei uma tossidinha, pensei na bactéria do cólera e mandei ver, como diria Sarah. Li com a pontuação que estava no papel:

— "Ato de Contrição. Senhor meu, Jesus Cristo, Deus e Homem verdadeiro, Criador e Redentor meu, por serdes vós quem sois, sumamente bom e digno de ser amado, e porque vos amo e estimo sôbre todas as cousas, pêsa-me, Senhor de todo o meu coração de vos ter ofendido; pêsa-me também por ter perdido o céu e merecido o inferno; e proponho firmemente, ajudado com o auxílio de vossa divina graça, emendar-me e nunca mais vos tornar a ofender, e espero alcançar o perdão de minhas culpas, pela vossa infinita misericórdia. Amen."

Posso dizer uma coisinha, padre Arientti?

— Foi para isso que me procuraste, meu filho. A mim e a Jesus Cristo. Diga, abra seu coração.

— Estou me referindo ao texto que acabei de ler. Tem uma porção de erros gramaticais.

— Não tem erro nenhum, seu fedelho! Imagina, foi traduzido diretamente do latim.

— Tem erro de concordância, padre. E de acentuação. Se o senhor quiser posso reescrever e trago um papel novo.

— Ajoelhai-se-te! Como ousa?

Ajoelhei-me-te.

— Conte seus pecados.

— Pêsa-me não tem acento. Não é pêsames!

— Olha a fila, seu ingrato! Vamos, desembucha!

— Sobre não tem acento.

— Mais uma piadinha e eu te excomungo.

— Não é brincadeira. Estou tentando colaborar com a Santa Madre Igreja Católica Apostólica Romana. Tudo sem vírgula, não é mesmo?

Antes que ele soltasse o bafo na minha cara, soltei a bomba.

— O sexto mandamento!

A cara de ranzinza dele desapareceu.

— Sempre ele, sempre ele. O sexto. Quando não é o sexto é o nono.

— Qual é o nono?

— Escuta aqui, rapazinho, há quanto tempo o senhor não se confessa?

— Desde a primeira comunhão.

— Perdoai-o-lo. O nono mandamento é não desejar a mulher do próximo. Portanto, se o senhor cometeu o sexto mandamento com a mulher do próximo, o negócio fica feio.

— Como é que eu ia cometer o sexto mandamento com a mulher do sujeito que está próximo? Desculpa, mas eu não entendo aonde o senhor quer chegar.

— O Senhor, com esse maiúsculo, quer que o senhor, com esse minúsculo, suma daqui imediatamente!

Agora sim, apertou. Suei. Pensei em mentir, pensei que não sabia o que pensar. Ou dizer. Silêncio. Podia ouvir o sacristão rezando baixinho o salve--rainha a uns 30 metros. Implorei:

— Sexto mandamento, padre Arientti, vamos lá — dei um tempinho e concluí. — Castidade.

— Em pensamentos, palavras ou obras? E não enrola!

Eu não sabia que tal pecado abrangia pensamentos e palavras. Estava preparado apenas para a obra. Ou obras. Porque eu vinha pensando muito nelas e descobria, agora, que estava pecando em pensamentos. E um dia, caminhando, atravessando o gramado que Mr. Silver estava capinando, para a bola rolar melhor, mas bem longe dele, balbuciei para mim mesmo: gos-to-su-ra... Bem baixinho. Para Deus não significa nada. Ele tem ouvido absoluto. Só naquela travessia pequei em pensamento e palavras. Ou melhor, palavra, já que foi uma só. O tempo estava passando e o padre estava atrás da grade aguardando.

— Olha, padre, devo confessar que foi... geral.

— Geral?!

— Sim, pensei, falei e fiz.

— Onde e quantas vezes? E espero que tenha sido, pelo menos, com o sexo oposto. Porque com o mesmo sexo tem que se confessar com o senhor bispo. Não tenho competência para enfrentar essa bactéria que está invadindo a Inglaterra ultimamente.

— Não, não... Mulher. Tenho certeza.

— Onde? Quantas vezes?

— Foi na casa dela, seu padre. Quantas vezes? Olha, não contei. Cada vez conta como um pecado?

— Meu filho, não foi com a intenção de procriar com a sua sagrada esposa que o senhor fez aquilo. Porque se fosse com ela...

Comecei a me irritar com aquilo.

— Padre, o senhor me conhece e sabe perfeitamente que sou solteiro!

— E não levante a voz! Conte quantas vezes! Não é para mim que o senhor está contando. É para Deus, e é Ele que tem o poder de te absolver de tão grave insulto a Ele mesmo. Vamos, quantas vezes? Tem gente na fila. E espero que tenha sido um sexo normal, sem fetiches ou taras.

"E agora?", pensei.

— Entenda, padre, foi a minha primeira vez, eu não sei se o que fizemos foi fetiche, se era tara... Entende?

— Digamos assim: o senhor fez *tutto*?

— Fiz. Tudo. Pronto, contei. Pode me dar a absolvição?

— Primeiro me explique o que é tudo!

— Detalhes?

Fiquei tão nervoso que soltei gases. Muito fedidos. Levantei-me e saí dali. Nem precisei olhar para perceber que ele abriu a portinha e colocou a cabeça de fora para respirar e saber quem era o filho da puta. Se era mesmo o professor de Educação Física. Para ver se era eu mesmo o maníaco que estava frequentando a sua capela...

— Ei, que livrinho é este?

Antes de sair da igreja já havia me transformado em anglicano. Em pensamentos, palavras e obras.

O padre olhou de novo, desta vez pela janelinha. E balançou a cabeça, saindo para arejar, fazendo um sinal para a fila ter um pouco de paciência. Eu era um caso perdido, deve ter pensado com todos os botões da sua batina preta e encardida, que eram muitos.

Barrigudo filho de uma puta!

Sumamente bom e digno de ser amado...

E gritei:

— Viva o rei Henrique VIII! Viva o anglicanismo![59]

---

59. Religião oficial da Inglaterra desde o reinado de Elizabeth I, institucionalizada após o rompimento de Henrique VIII com Roma, no século XVI.

26. Pergunta íntimo-religiosa

A cavalo, a caminho do hotel de Sarah, que ficava a uns dez minutos da universidade — ela era esperta —, fui me lembrando do que escrevi aqui sobre a desastrada confissão com o padre Arientti. Achei que, no texto, lido depois, exagerei um pouco. E nem saí — como cheguei a pensar — dando gritos ao nosso rei Henrique VIII, no século XVI. Falei aquilo baixinho, para mim mesmo. É que o texto ficou agressivo e um pouco grosseiro, irônico, mas a culpa estava deixando a minha cabeça numa escuridão espessa como um veludo negro.

Que ele ficou insistindo para saber quantas vezes e onde, ficou! O que importa é que eu fiquei mesmo mais aliviado depois. E ele não vai contar para ninguém porque existem os segredos da confissão.

Se alguém na universidade ficar sabendo do escândalo, foi o padre Arientti que deu com a língua nos dentes. Aliás, boa frase para o assunto em pauta na nossa conversa.

Cheguei a Gonville Place, apeei e me dirigi ao hotel de mesmo nome. Fui direto ao bar do hotel, no restaurante Atrium. Sarah ainda não havia descido, pedi uma cerveja preta, sentado numa mesa com janela para a vista do famoso Parker's Piece. A noite começava a cair. Eram oito horas, vi no enorme e belo relógio colocado bem acima do piano de cauda, onde uma senhora tocava, lindamente, *As quatro estações*.

Sarah chegou exalando perfume, felicidade e amor. Deu um leve beijinho nos meus lábios, nem me dando tempo para levantar-me.

— O senhor vai bem?

— O senhor vai bem. E a senhora? Tudo bem? Como foi a conversa com o nosso reitor?

— Nosso, ainda não. Seu. O que está olhando? A praça?

— Sim, ali daria um belo campo de futebol...

Ela riu, segurou as minhas mãos, sorriu e perguntou séria dentro do sorriso:

— Escuta, dá para não pensar em futebol, pelo menos até o desjejum (péssima tradução...) de amanhã?

Gostei da proposta do café da manhã do dia seguinte. Era um assunto a menos para se falar. Já estava definido. Bom! O meu pensamento sobre o café da manhã resvalou na confissão, e não consegui segurar a curiosidade.

— Desculpe a sinceridade, mas posso te fazer uma pergunta íntimo-religiosa?

— Meu Deus! O que pode ser uma pergunta íntimo-religiosa? — riu.

— Não, esquece. Deixa pra lá.

— Ah, não. Imagina! Me ameaça com uma pergunta íntimo-religiosa que eu não sei que raça de pergunta é essa e...

O garçom chegou.

— Miss Davies, o que bebe?

— Olá, Jeff. O mesmo que ele.

Confesso que senti um pouco de ciúmes com aquela intimidade com o Jeff...

— Vamos, pergunta!

Agora eu tinha criado uma situação embaraçosa. Estava odiando a minha própria voz. Ela me deu um sorriso tão gostoso, tão de graça, que eu soltei.

— Quando você faz sexo, você confessa?

— Pra quem?

— Para o padre, eu presumo (*I presume*).

— Para o padre, no confessionário?

— É.

— Imagine! Imagine se eu ia dar este prazer para o padre! Nem morta![60]

Eu nunca tinha ouvido aquela expressão. Tinha a cara da minha Sarah Emily.

— Nem morta é bom.

— Por quê? Não me diga que foi confessar!

— Imagina, nem morta. O que é nosso é só nosso. Me fale da conversa com lorde Laughton. Estou supercurioso.

Jeff chegou com a cerveja dela e mais uma para mim, que não havia pedido. Profissional.

Ela deu um gole e estalou a língua. A partir daí passei a querer fazer sexo com todas as mulheres que estalavam a língua depois de um gole. De noite cheguei a pedir para ela estalar a língua na cama. E aquilo virou um código entre nós. Quando estávamos acompanhados com mais pessoas, bastava um estalar a língua para o outro se excitar. Ou mesmo sozinhos.

---

60. Nem morta: *not even dead*.

A pianista acabou a música e levantou-se solenemente à espera dos aplausos.

— Pode ter certeza de uma coisa, John. Eu e lorde Laughton nos demos muito, muito bem. Adorei aquele homem. Não sei se a curto prazo, mas senti, falando com ele pela primeira vez, que algo vai rolar.[61]

Também foi a primeira vez que ouvi a expressão "vai rolar". Até as expressões de Sarah eram de outro mundo. Avançadas no tempo, não sei bem.

— O que é que faz você acreditar que... vai rolar?
— Vamos comer?

Pegou o menu.

Ela:

— *Muffin with smoked salmon and ham.*[62]

Eu:

— *Farm egg, parmesan cheese, anchovy & garlic croutons.*[63]

Depois das delícias acima e no rodapé, subimos pela escada do segundo andar levando quatro cervejas geladas e uma garrafinha de um licor escocês caseiro. De matar!

---
61. Vai rolar: *to roll*. Me lembrei do *rock and roll*.
62. Muffin com salmão defumado e presunto.
63. Ovo caipira, queijo parmesão, anchova e croutons de alho.

Tutto, tutto, tutti! Estalos e mais estalos, padre Arientti!

No café da manhã, fartíssimo, ela me saiu com essa conversa:

— Presta atenção: a década que está para começar, a década de 1860, vai mudar o mundo. Vai ser completamente revolucionária. Nada será como antes depois dos anos 1860. E nós dois, pode escrever aí, vamos participar dela. Eu com uma faculdade para mulheres, você com o esporte feito com os pés.

E estalou a língua.

— Vai rolar?

— Vai rolar a bola!

27. A folha amassada

A página que Ed — o príncipe — amassou e que estava na gaveta de baixo da cômoda de Finnegans Wake era mais ou menos do tamanho de uma folha de papel almaço.[64]

Desamassei-a o máximo que consegui, alisando com a mão, e coloquei em cima da minha mesa de estudos. Havia desenhos e palavras escritas, feitos no papel na posição vertical.

Era o desenho — isso era bem claro — do futuro campo de futebol, com algumas informações que nós não havíamos ainda discutido e outras que eram bem óbvias.

Ele dividiu a folha com uma reta bem no meio e escreveu meio-campo, deixando-a com pratica-

---

64. Eu peguei o tempo do papel almaço. Era uma folha um pouquinho maior do que o nosso atual A4. Tinha linhas.

mente dois quadrados, cada um de um lado. Visto assim de frente eu vou chamar de parte de baixo e parte de cima. Se deixar a folha na horizontal, temos o campo dividido em dois. Um do lado esquerdo e outro do direito.

Voltemos à página na vertical. Tanto lá em cima como aqui embaixo, fez as marcas dos gols[65] — como ele denominou o espaço por onde a bola deveria passar.

E fez onze pequenos círculos esparramados pela página. E, dentro de cada um, um número. O que estava no gol levava o número um.

Na frente dele, o dois e o três que ele denominou zagueiros e que eu não tinha — até então — a menor ideia do que fossem. Fui ao dicionário procurar zaga: "conjunto de militares situados na retaguarda da tropa". A palavra vem do árabe *sáqa*, que significa "retaguarda de um exército". Outra definição: "seta de madeira de médio porte usada pelos escravizados — em número de dois — que se postavam ao lado do caçador para que, caso falhasse o tiro e o animal investisse contra o caçador, eles usavam as zagas. Estes escravizados eram denominados zagueiros." Interes-

---

65. *Goals*, como ele chamou e escreveu com letra pequena. Do inglês: objetivo, meta.

sante! A palavra zaga vem do nome de uma espécie de palmeira com que se faziam as "azagaias", as setas.

Ah, esqueci-me de dizer que de um lado do campo estava escrito, no papel, com lápis colorido, *yellow team*, e do outro, *red team*. Isso foi fácil entender. As cores da bandeira da nossa universidade eram amarelas e vermelhas. Então um time estaria usando camisas amarelas, e o outro, vermelhas. As nossas classes.

Sigamos com as numerações nos círculos. Quase chegando ao meio-campo, mais dois circulozinhos. Os números quatro e seis, chamados de *right back* e *left back*, do lado esquerdo. É o que nós chamamos hoje de laterais direito e esquerdo. E, um pouquinho antes da linha divisória, o *center half*.[66]

Lá na frente, uma linha de cinco jogadores.

Neste momento caiu como um raio sobre a minha cabeça o Finnegans gritando com a cabeça para fora do cabriolé: 1, 2, 3, 5! E eu na poeira sem nada entender. Trata-se do posicionamento da equipe em campo. 1-2-3-5! Fazia todo o sentido. Lá na frente, com a responsabilidade de fazer os gols, os atacantes: *forward, striker, wing, center-forward*[67]

---

66. Volante.
67. Centroavante!

e *playmaker*. Com os números de 7 a 11. Pensava longe, Mr. Wake.

E havia ainda duas sinalizações. Em frente ao gol, trave, meta, e entre a linha de fundo — sim, ele desenhou também as linhas laterais e as linhas de fundo, como ele as chamou. Pois, entre a linha de fundo do gol e a linha do meio havia uma área demarcada, relativamente grande, que vou chamar de *grande sala*,[68] embora não saiba ainda para que sirva.

Antes de ir para o almoço com Ed me reuni na lanchonete com os Silver, Pine, Grassy e Oak. Mostrei o desenho para eles ao mesmo tempo que confirmava a fofoca de que Mr. Wake tinha ido preso para a Irlanda.

Eles ficaram se olhando, tristes, pensativos, mas não disseram nada. Voltaram ao desenho.

Eles adoraram o desenho. Fizeram mil comentários, fascinados.

— E este espaço aqui — apontei os grandes retângulos que existiam na frente dos gols —, para que servem? O que significam?

Pedi mais limonadas, eles pegaram o papel, viraram para a horizontal, viraram de ponta-cabeça. E foi o Oak, o mais novo, com 16 anos, que sugeriu. E sugeriu bem!

---

68. *Great area.*

— Sabe o que eu acho que é, professor? É até onde o *goal-keeper* pode colocar a mão na bola.

— Você acha mesmo?

— Claro — disse Oak. — Quando a gente está brincando, o *goal-keeper*, no caso eu, que sou o mais alto, não pode sair com a bola pelo campo todo. Só se for para chutar a bola, mas nunca para pegar.

— Procede, procede — eu confirmei. Muito bem, Oak! Um último detalhe: este pontinho aqui. Entre a linha de fundo e a divisória da "grande sala"...

Grassy:

— Eu estava pensando justamente na marquinha. Sabe o que eu acho que é?

— Não!

— Me lembro de quando a gente estava brincando e os senhores nos viram pela primeira vez, não sei se da primeira vez ou segunda, e o professor Mr. Wake estava junto, e a gente fugiu. Era sempre no mesmo lugar que a gente chutava. E ficamos olhando de longe e um de vocês contou os passos. Lembra disso? Era de noite.

— Perfeitamente. Foi ele quem contou. Eram onze passos[69] bem dados até a porta da universidade. Lembro-me bem. Não entendo o porquê da marca.

---

69. Dez jardas = 10,9 metros. Depois arredondou-se para 11 metros. A marca do pênalti.

— Vamos fazer o campo com a marquinha. Depois descobrimos a utilidade — pontuou Pine.

Eu:

— Interessante o *goal-keeper* não poder sair correndo com a bola. Procede. Eu nunca havia conversado com ele sobre o assunto.

— Exatamente, mais uma regra para diferenciar do *rugby*. Se é que precisa — disse Grassy.

Oak arrematou:

— Não tem nada a ver. O futebol é completamente diferente.

E eu paguei a beberagem de limonadas e sanduíches de queijo com ovo.

— Me deixa ir pegar o substituto do Finnegans porque vou almoçar com ele.

— Quem é?

Eu não quis dizer que era o futuro rei da Inglaterra. Essas notícias a gente tem que dar devagarinho.

— Ed. Eduardo, mas gosta de ser chamado de Ed. Gente boa. Vocês vão gostar dele.

Os três, quase em uníssono:

— O reizinho?

28. A epidemia em Londres começa a acabar

Epidemia do cólera de 1846-1860
Origem: Wikipédia, a enciclopédia livre.

A epidemia do cólera (1846-60) foi o terceiro grande surto da doença com origem na Índia no século XIX e que se alastrou para muito além das suas fronteiras. Investigadores da UCLA acreditam que o surto pode ter começado em 1837 e durado até 1863. Na Rússia, mais de 1 milhão de pessoas morreram de cólera. Entre 1853 e 1864, a epidemia em Londres ceifou mais de 10 mil vidas, e houve mais de 23 mil mortes em toda a Grã-Bretanha.[70] Esta epidemia foi a que provocou mais mortos no século XIX.

---

70. O que significa que muita gente morreu na Irlanda. Será que Mr. Finnegans Wake teve algum problema com a epidemia? Aguardemos.

Como nas epidemias que a precederam, o cólera espalhou-se desde o delta do rio Ganges na Índia e provocou um número elevado de mortes nas populações da Ásia, da Europa, da África e da América do Norte. Considera-se que 1854 tenha sido o pior ano da epidemia, uma vez que 23 mil pessoas morreram.

Nesse ano, o médico inglês John Snow, que estava trabalhando na zona pobre de Londres, identificou a água contaminada como o meio de transmissão da doença. Após o surto do cólera de Broad Street em 1854, o médico identificou as causas do cólera na zona do SoHo, em Londres, e registrou um aglomerado de casos perto da bomba de água de um bairro. Para testar a sua teoria, John Snow convenceu as autoridades a retirar a peça da bomba d´água e o número de casos do cólera naquela zona diminuiu imediatamente. A sua descoberta acabou por ajudar a controlar o surto. John Snow foi um dos fundadores da Sociedade Epidemiológica de Londres, criada em resposta ao surto do cólera de 1849-63, e é considerado um dos pais da epidemiologia.[71]

---

71. Hoje existe no SoHo um pub com o nome de John Snow. Obrigado, Silio Boccanera.

29. O dia em que fiz o convite a Little King

Almoçando num pub da Downing Street (de Cambridge, não em Londres) tortas recheadas de carne e cerveja, passei tudo sobre futebol para Ed. Desde nosso encontro com a mãe dele em Londres até as bolas que iriam chegar ainda naquele dia. Ele ficou simplesmente fascinado. Expliquei a súbita saída do projeto de Mr. Wake e arrematei com um convite.

— Preciso de uma pessoa jovem como você para ficar no lugar dele. Que não ocupe apenas a sua casa. O convite é meu e do senhor reitor.

— Ainda bem que estão me convidando, pois ia pedir, implorar para fazer parte do tal do futebol. Pode ter certeza, Watson, de que um esporte praticado com os pés é um dos maiores inventos e descobertas esportivas do século XIX. Tenho certeza de que isso vai se expandir muito rapidamente por toda a Inglaterra. O futebol, depois desta epidemia do cólera, será o relaxamento da população, a alegria do povo. Desculpe se estou falando como uma rainha. Estaremos no lugar certo, na hora certa. *Dopo la tempesta arriva la bonanza*,[72] como dizem os meus amigos de Roma.

Levantou o copo e brindamos, sorrindo.

— Maravilha. Só lhe peço um favor. Que a sua mãe, Sua Majestade, não se inteire ainda de nada. Vamos fazer uma surpresa para ela.

— Combinado — e brindamos de novo.

Ele ficou me encarando, balançando o dedo indicador da mão direita em direção à minha cara num gesto que não me permitia imaginar o que ele ia dizer. Demorava naquilo, como se estivesse procurando as palavras certas. Por fim, fixou o dedo a um palmo do meu nariz e disse com autoridade principesca:

— O futebol será tão importante para a Inglaterra e o mundo como foi e está sendo a Revolução Industrial.

---

72. Depois da tempestade vem a bonança.

— Imagine, Alteza...

Ele não ouviu o que eu disse e concluiu:

— No lugar do tear uma bola de couro. Ideia de gênio! Após o cólera, o delírio! Depois dos anos 1850, a década de 1860, a que nunca vai acabar!

Tive que interrompê-lo porque não sabia onde ele ia parar. E só havíamos tomado duas canecas de cerveja. Ainda. E eu havia me lembrado!

— Rapaz, vamos embora porque o italiano vai levar as bolas hoje!

30. As bolas de Cappottani

Novo telegrama de *signore* Cappottani, daquele mesmo dia, dizendo que chegaria entre cinco e seis da tarde e algo no mínimo interessante: "sem nota fiscal abatimento". Achei bem italiana a proposta e até sorri. Imagina se a universidade iria fazer uma falcatrua, logo no início do novo esporte...

Avisei os garotos Silver para estarem no gramado no horário previsto, tomei um banho e terminei de ler, com todo entusiasmo, o livro de Charles Darwin. O último parágrafo do trabalho transcrevo aqui: "Enquanto o nosso planeta, obedecendo à lei fixa da gravitação, continua a girar na sua órbita, uma quantidade infinita de belas e admiráveis formas, saídas de um começo tão simples, não têm cessado de se desenvolver e desenvolvem-se ainda hoje."[73]

Peguei Ed em seu chalé e fomos para o gramado, que já estava todo aparado. Lá estavam o jardineiro Mr. Silver e seus três filhos. Estávamos todos ansiosos. Muito ansiosos. Muito.

Era muito importante aquele momento.

Estávamos ali trocando ideias, discutindo sobre a neve que poderia chegar em dezembro. No momento, final de novembro, a temperatura andava variando de 5ºC a 10ºC. Positivos. Naquele dia o céu estava aberto, havia sol e a umidade estava na casa dos 83%. Segundo o professor de física e meteorologia, neste inverno, de dezembro a março, nevaria apenas dezoito dias. Nunca mais de quatro dias por mês.

Sim, a bola poderia rolar e a grama suportaria, segundo o sábio Mr. Silver, que era *muito* inteligente.

Quem deu o grito foi Grassy:

— Gente, olha o Papai Noel!

Olhamos todos para aquela figura que estava entrando no gramado do lado oposto ao nosso,

---

73. Tradução de Joaquim da Mesquita Paul (1913), revisada e atualizada por Rafael Arrais (2017).

caminhando sem pressa com um grande saco nas costas. Grassy Silver tinha razão, parecia um Papai Noel chegando com um mês de antecedência. Mas não era o bom velhinho. Era mesmo o *signore* Cappottani.

Com as bolas. As primeiras bolas de futebol do mundo. Graças a Da Vinci, imagine!

Ele viu a cara de ansiedade de todos escancarada. Inclusive em Ed, que estava entrando no jogo agora.

— Antes de passar as bolas para vocês, tenho que dar algumas explicações.

Entregou-me uma lata.

Bela embalagem: Ceras Park Thina.

— *Prego*, esta é a cera, Mr. Watson! Park Thina. Há de se passar sempre na bola depois dos jogos ou treinos para que o couro não resseque. E, o mais importante, em tempo chuvoso, para que ela não encharque muito e fique com o dobro do peso, *capito adesso*?

— *Capito, signore.*

Agora tirou do bolso uma engenhoca comprida:

— *E questo* é a bomba para encher a borracha que está dentro da bola. Depois mostro o bico, que se chama *tento. E ora, una spiegazione.*

— Explicação?

— Sim! Como se tira o *tento* para fora e se enche de ar a bola.

E, a seguir, tirou do saco uma bola vazia para demonstração. Mr. Silver, os três filhos, eu e Ed fixando o olhar nela extasiados. Era linda. Marrom, encerada, brilhando. Uma pequena obra-prima do italiano Cappottani. E Da Vinci tinha razão. Com doze pentágonos e vinte hexágonos costurados, era a esfera perfeita. Um gênio. Vi que os pequenos Silver estavam se segurando para não avançar naquilo. E nós também. Ele mostrou um dos pentágonos. Uma das cinco arestas era visivelmente costurada — mas não colada — na aresta do pentágono. Tirou o nó, enfiou o dedo lá dentro e o *tento* pulou para fora.

— Coloca-se o bico da bomba e se fazem vários movimentos assim. Indo e vindo, indo e vindo.

E a bola murcha foi recebendo o ar, se enchendo, foi se avolumando, começou a ter a forma tremendamente redonda, e o sol batia e ela brilhava, reluzia. Marrom. E era impressionante a redondice daquele objeto mágico, e, quando estava no ponto, ele enfiou o tento, deu o nozinho, bateu a bola no chão, ela repicou e voltou às suas mãos numa subida mágica. Ninguém sabia que aquilo repicava.

— Ela pula! Ela pula! — gritaram as crianças.

E eu fiquei estupefato, pasmado, assombrado, atônito.

Deu um chute para cima, em direção ao centro do gramado. A bola foi muito alta e os adolescentes correram, pegaram a bola, abraçaram a bola, beijaram a bola, acariciaram a bola, começaram a chutar a bola, cabecear, driblar. Gritavam de felicidade!

Ed ficou olhando aquilo sem acreditar. O coureiro encheu e deu uma bola para mim, outra para o Ed, que saímos pelo gramado tentando controlá-las. Logo os garotos as tiraram de nós sem nenhuma dificuldade. Todos nós, os cinco, caímos no chão rindo, rindo muito.

Foi quando comecei a chorar para valer. Feito criança. Quando abri os olhos, lorde Laughton e Miss Dietrich estavam à beira do gramado aplaudindo. Foi a segunda vez que vi o reitor chorando. A primeira foi no jardim de Buckingham. Haveria uma terceira vez, dentro de alguns meses.

Foi a primeira vez também que o que chamávamos de futebol foi aplaudido. E tirou lágrimas daqueles homens e adolescentes. Lembro-me da emoção como se fosse hoje, mais de trinta anos depois.

Levei uma das bolas até Charles Laughton:

— Lorde Laughton, eis aqui uma autêntica *Ycocedron Abscisvs Vacvvsi* de Da Vinci.

O *signore* Cappottani aproximou-se, reverenciou o lorde e Miss Dietrich, dizendo bastante orgulhoso:

— Mas pode chamá-la de Bola de Cappottani.

Todos rimos ao imaginar se aquilo pegaria, a Bola de Capotão. Cappottani sorriu, envaidecido.

— Quanto pesa, mestre?

— Meio quilo, e a circunferência é de 70 centímetros. Meio quilo com ela seca e bem encerada. Se chover, encharcada, pode pesar quase um quilo.

— E Cappottani arrematou:

— Com quem acerto a conta, senhores?

*

No dia seguinte chegariam as hastes "da porteira".

Antes, eu precisava conversar com Mr. Silver para saber quem poderia demarcar o gramado, com as linhas de fundo, laterais, meio-campo e a grande sala, ou salão. Depois eu daria para ele todas as medidas. Mas já queria que ele fizesse uma marquinha dos dois lados do campo, onde deveriam ser colocadas as hastes, no dia seguinte. Ele já havia marcado com os pintores da própria universidade. Disseram que em um dia fariam tudo.

E também a "marquinha" entre a linha de fundo (vamos chamar assim) e a linha paralela da grande sala, embora a gente ainda não soubesse para que servisse.

31. As traves e o travessão

Poucos dias depois, pela manhã, com o gramado já demarcado, chegaram Mr. Traving, seu filho e as hastes.

Fui para o gramado ver as quatro hastes. Embora na carroça eu visse seis balizas, fora as bases. Duas delas maiores. Eram mesmo de jacarandá, com 10 centímetros cada lado. Não estavam pintadas. E havia outra também de madeira — maior — já trabalhada também, que eu não sabia — ainda — para que prestaria.

Pai e filho se aproximaram do "Quinteto do Futebol", como chamávamos a nossa turma (Ed, Pine, Grassy, Oak e eu). Lá na "linha de fundo", Mr. Silver dava os últimos toques no buraco onde as hastes/balizas seriam afixadas, já preparando o cimento para o buraco. As partes das hastes que ficariam dentro da terra para dar a firmeza estavam pintadas de piche, uma substância derivada da terebintina. "Para não apodrecer."

Mr. Traving:

— Mr. Watson, antes de começarmos o trabalho com as hastes, tivemos uma conversa com o professor de física, Mr. Maxwell, e o doutor... aquele japonês.

Seu filho ajudou:

— Mr. Okano. Ou Okano-san, como gosta de ser chamado.

— Isso. Obrigado, filho. Os dois foram muito úteis sobre o assunto da flexibilidade. Deram boas sugestões. A primeira delas já providenciei sem consultar o senhor. Na grama, saindo da base da haste, onde ela se encontra com o chão, vamos colocar, colada ao chão, uma madeira com as mesmas dimensões das hastes, e com noventa graus. No final dela sairá outra madeira igual, que vai, portanto, do chão, até a parte mais alta da haste, formando, assim, um triângulo quase equilátero, de apoio. Lateral. Quer que desenhe?

— Não, Mr. Traving, entendo a ideia. Isso deixará a haste mais firme caso a bola bata nela.

— Exato. O meu filho deu a outra ideia, e sobre esta eu preciso conversar com os senhores.

Ed olhou para a carroça, onde dois funcionários tiravam a haste maior.

— Pelo que estou vendo, Mr. Traving, acho que já sei do que se trata e gosto muito da ideia, porque no portão de onde foi tirada a medida havia um limite de altura.

— Exatamente, senhor... senhor...

— Ed, muito prazer.

— Exatamente, senhor Ed. Uma haste horizontal. Achei a ideia o máximo. Uma baliza de 7,32 metros.

— Perfeito. Vamos então à execução! Mãos à obra, rapazes!

E era mesmo uma obra fixar aquilo no chão. Primeiro, eles colocaram a haste grande pregada com parafusos nas hastes horizontais, todas deitadas na grama. E já haviam feito um encaixe nas junções das madeiras. Depois mediram a altura da haste vertical e fizeram uma marquinha. E as duas bases de apoio para cada vertical foram também fixadas.

— O buraco tem 1,20 metro, Mr. Silver?

— Exatamente, como foi pedido, Mr. Traving.

Eu tinha achado a ideia do filho dele sensacional. Depois, com a ajuda de alguns funcionários da universidade, ergueram aquela estrutura retangular. Foi um trabalho árduo.

— Quanto pesa tudo isso, Mr. Traving?

— Sessenta e oito quilos! Cada estrutura. Total de 136 quilos de madeira e roscas, parafusos, pregos, cola. Querem que pinte?

Nos olhamos, e foi Grassy quem falou.

— Tão bonita esta madeira... Como é mesmo o nome?

Foi o filho quem falou.

— Jacarandá.

Eu completei:

— Tem até um bar em Liverpool chamado The Jacaranda.

— Conheço muuuuuito bem! — disse Ed.

Quando enfiaram aquilo no chão, a emoção foi muito grande. Corri até o meio-campo para olhar a obra. Ter uma visão geral. A emoção foi tão grande como a da bola, no dia em que chegou.

A carroça já estava levando o material para montar a estrutura do outro lado do campo.

— Ficou bonita demais, professor!

Chamei todos para o meio-campo e ficamos olhando aquilo. Admirando. Aquilo precisava de um nome.

— Mr. Traving, vou fazer uma homenagem ao senhor. Vou chamar este conjunto arquitetônico de traves, usando o nome do senhor.

— Imagina, imagina. Quem sou eu? Apenas dei um trato carinhoso no jacarandá.

— Posso dar uma ideia suplementar, John Watson? — perguntou nosso futuro rei, o Ed.

— Claro, claro, somos uma equipe.

— Eu também chamaria de trave as horizontais em homenagem ao nosso magnífico marceneiro, Mr. Traving. E a parte horizontal, como foi sugerida pelo filho dele, acho que merece o nome de *traving son*:[74] travessão!

Foi aplaudidíssimo.

— Traves e travessão. Agora, Oak, você que, apesar de ser o caçula, gosta de pegar no gol, vai para lá. Pine, Grassy, chutem à vontade!

Chutavam daquela marquinha, a 11 metros do gol. Quando Oak não conseguia pegar a bola apesar dos pulos que dava, tinha que ir lá longe buscar a bola de capotão.

Depois da brincadeira, ouvi, de longe, ele cochichando com os irmãos:

---
74. Filho de Traving. Ideia de príncipe que não tem o que pensar. Mas gostei.

— Tenho uma ideia para a bola não ir longe...

Como sempre, na beira no campo, depois da linha lateral já pintada por Mr. Silver, nosso reitor e sua namorada, perdão, sua secretária, aplaudiram de novo. Só que hoje já havia umas quinze pessoas fora do campo, entre alunos de diferentes faculdades da universidade e funcionários. Todos olhavam meio fascinados, fazendo comentários. Talvez fosse necessário colocar umas cadeiras por ali. Sim, uns banquinhos. Tinha uns cinquenta.

E, neste momento de alegria, não sei por quê, me vi pensando em Sarah Emily.

Acho que ela ia gostar de ver a minha felicidade. Sarah!

Quando olhei para a lateral do extenso gramado, havia agora ainda mais pessoas olhando a movimentação e comentando. O que seria aquilo? O campo já riscado no chão e as traves? Com o travessão?

Sarah...

Eu dizia que quando estávamos olhando o gramado já demarcado e com as traves — e travessão —, vi os garotos Silver cochichando num canto, apontando para as traves — gostei do nome — depois de vários chutes na bola.

Não só chutaram, como driblaram, deram chapéu, drible da vaca, chutes do meio-campo.

Oak, que estava no gol, foi quem chamou os dois irmãos para o cochicho. Eu jamais poderia imaginar o que eles estavam tramando, e ia lá perguntar, mas lorde Laughton chegou apressado e me chamou na lateral do campo.

— Pode ir até a minha sala? Logo? Ficaram ótimas as hastes. Mais um parabéns. Está tudo realmente ficando maravilhoso. E já temos até público.

— Obrigado. Já vou lá. Gostou? Chamam-se traves, as verticais, e travessão, a que as une.

— Parabéns pelas traves. Magníficas.

Senti que era assunto sério.

— Assim que me despedir de Mr. Traving, milorde.

Lorde Laughton jamais ficaria sabendo o que tramavam os Silver e os filhos do cavalariço Ackroyd naquele momento. Apesar de ter adorado o resultado.

32. As péssimas missivas de Finnegans

Em cima da mesa do reitor — que estava com a cara péssima — havia quatro cartas já abertas e um telegrama.

— Leia tudo sem fazer comentários. Quando acabar de ler as cartas e o telegrama, falamos. Prepare seu coração!

Meu Deus!, foi só isso que veio à minha cabeça. Vamos lá.

Primeira carta:

País de Gales, 11 de novembro de 1859

Seu reitor:

Espero que esta vá encontrá-lo gozando de péssima saúde. Com cãibras e diarreia.

Logo pegarei o barco ainda aqui em Gales em direção à minha cidade, Dublin, atravessando todo o mar da Irlanda. Estou com sono, um pouco de frio e fome. Impossível dormir em carruagem ainda com rodas de madeira. É assim que a nossa rainha trata "bandidos", que é como eu estou sendo tratado. E no trem vim escoltado e algemado. Na terceira classe. Não merecia isso. Aqui em Holyhead soube que a epidemia do cólera ainda não foi totalmente dizimada do outro lado da ilha, no meu país. O que me amedronta um pouco, caso eu tenha que ir para a cadeia.

Não mereço isso! E o senhor não quis me ajudar, condenando-me antes que a justiça o fizesse.

Seu ex-aluno e ex-professor Finnegans Wake.

Segunda carta:

Dublin, 17 de novembro de 1859

Seu reitor:

Faz muito frio em Dublin. Meu julgamento é amanhã. Estou detido, enquanto aguardo, numa sala da Garda Síochána na hÉireann[75] *(Guarda da Paz da Irlanda), que, por coincidência macabra, fica no parque onde cometi o tal "delito", o Phoenix Park. E o julgamento será também aqui perto, ainda dentro do parque, no Fóram Agus Ceartas Bhaile Átha Cliath (Tribunal de Justiça de Dublin).*

Meu pai James e minha mãe Joyce estiveram aqui hoje cedo e rezamos, embora eu não acredite em Deus. Se der errado, espero que Ele acredite em mim. É o que importa.

Darei notícias assim que receber a minha absolvição. Você não ficará livre de mim.

P.S.: Hoje tive febre. Nada grave, mas com a epidemia lá fora (além da prematura neve), a gente fica sempre preocupado... Fica contente com isso?

Grande abraço! Na Miss Dietrich, é claro.

Sei que estou sendo grosseiro. É a intenção.

Finnegans

---

75. É assim mesmo que se escreve.

Terceira carta:

19 de novembro de 1859

Fui condenado... Para a sua alegria. Mas... calma, meu velho.

Não à prisão perpétua nem à forca. O meritíssimo me condenou a uma "esculhambação pública", que eu não sei exatamente o que significa. Será que vão me açoitar? Se sobreviver, terá notícias minhas ainda amanhã.

Confesso que não foi nada agradável o julgamento. As pessoas me olhavam já com a condenação nos olhos. Como o senhor fez comigo durante toda a nossa última conversa. Apesar de estar nevando, o salão estava cheio. Interessante é que tinha muito mais mulheres do que homens.

Por falar em mulheres, foi feito algo que eles chamaram de Deliberative Group of Women, Young and Old Women (grupo deliberativo de senhoras, jovens e idosas), um grupo feito muito apressadamente e que não inclui as senhoritas, percebeu? Pois estas mulheres vão indicar amanhã cedo, em frente ao obelisco central, o veredicto. E o filho da puta do juiz — e do promotor — convidou todos os frequentadores do parque (ou seja, a população toda de Dublin) para ver o possível vexame. Espero que James e Joyce não compareçam.

Um abraço em Miss Dietrich.

Finn

Quarta carta:

26 de novembro de 1859

Meu caro, se quer saber ou não, foi mesmo um vexame. E a culpa é sua, nunca tiro isso da minha cabeça. Bastava um telegrama para a rainha...

Minha sorte é que não tinha tanta gente. Umas cem. Fui levado para a beira do Obelisc Lake, um laguinho mequetrefe que nem fica perto do obelisco central. Todas aquelas mulheres me acompanhando com olhares vingativos. Dois guardas da Síochána tiraram toda a minha roupa, toda, a toque de tambores e ao som de gritos histéricos daquelas irlandesas taradas. Assovios, viva a Irlanda, e outras merdas mais. Dez graus negativos, nevava como ontem. A água do lago era quase gelo. E o castigo era eu ir nadando até o lado leste do lago, a uns 300 metros. Lá, me esperava outro grupo de malucas dublinenses. Algumas que James e Joyce conheciam, logo percebi. Que vergonha! E o que eu mais ouvia era:

— *Go, go, go, go! Go ahead! Go ahead!*

Eu achava que meu corpo ia congelar, que minha febre iria aumentar e que eu poderia morrer da epidemia do cólera, porque aquele lago não era nada confiável e, dizem, o gelo conserva a bactéria.

Quando cheguei ao outro lado, saí da água procurando uma toalha e me disseram que estava lá no ponto de partida. Saí correndo por sobre a neve, nu, passando por aquelas filhas da puta que riam, e algumas chegavam a dar tapas na minha bunda. Esta era a tal da esculhambação.

No fundo, acho que aquelas senhoras, jovens e velhas, queriam mesmo era me ver pelado. Outra vez. Tinham gostado.

Só faltou você me dar um tapa na bunda no nosso último encontro, não é mesmo?

Finn

No dia seguinte mandou um telegrama:

Cólera pt fraco pt tosse seca pt temperatura 40 pt se não escrever carta morri pt Finn

33. O mórbido silêncio

Quando, sete anos atrás, em 1887, portanto, narrei *Um estudo em vermelho* com Sherlock Holmes, vi, ouvi e senti sensações do arco da velha. Era o que passava pela minha cabeça, agora, enquanto empurrava as cartas e o telegrama, deslizando-os por cima da mesa de mogno brilhante de lorde Laughton. Dava para se ouvir dali os gritinhos dos quero-queros. Eles faziam um verdadeiro piu-piu. Não me vinha à cabeça nenhuma palavra para dizer naquele momento de silêncio. Felizmente o senhor reitor falou.

— Foi em 1784. Eu tinha 15 anos. Estudava em Gloucester, quase na divisa com Gales. Robert Raikes criou o primeiro internato para meninos. Para meninos pobres, que era o meu caso. Interior da

Inglaterra. Eu era pobre. Minha mãe lavadeira e meu pai cozinheiro num bordel na periferia da cidade. Conseguiram uma vaga para mim, através de um parente da cidade.

Acendeu o seu cachimbo com calma plena. Eu não queria falar nada até ele terminar.

— O livro era a Bíblia. Primeiro se aprendia a ler e, depois, a estudar a Bíblia. Depois o catecismo. Mr. Raikes, alguns padres e alguns professores leigos acreditavam que o entendimento da Bíblia poderia ser transferido para estudos seculares. Entendeu a Bíblia, entendia o mundo. Raciocínio do século XVIII. Aliás, acho que até hoje ainda é assim. — Ele fez uma pausa e gritou: — O uísque, Miss Dietrich! — E continuou: — E foi lá, em 1784, que tive que fugir do internato correndo do padre Almerinc, que, com a batina arriada e o sexo balançando, com um sorriso desvairado, me queria. Corri mais do que ele, até uma cidade próxima, Churchdown...[76] veja o nome. E a primeira porta que vi aberta, entrei correndo e fui me confessar, achando que havia cometido algum pecado. A maldita culpa cristã ocidental! A maldita! Justamente numa igreja, a

---
76. Numa tradução rápida, igreja para baixo. Ou baixo igreja.

Saint Andrew's Church Centre, fui pedir ajuda. O resto desta aventura adolescente conto outro dia. O que importa é que passei por isso e sei o quanto dói e marca. Você sabe do que ele foi acusado, não?

— Sim, sei.

— Pois. E quando soube pela Scotland Yard o que ele havia feito numa praça pública, talvez eu tenha sido um pouco ríspido. Tanto é que me voltou à cabeça o nome de todos os envolvidos no meu caso, assunto que achei que já estava enterrado na minha cabeça. E Mr. Wake queria ajuda. Pedir logo a mim? — Longa pausa. — Claro, espero que não morra.

— Não há endereço do remetente em nenhuma das cartas, eu percebi.

— Não. Conhece alguém em Dublin a quem possamos recorrer?

— Não. Nem conheço a Irlanda.

— Nunca gostei dos irlandeses. Nunca. — Mudou de assunto. — Você nunca notou nada diferente nele?

— Estava pensando justamente nisto. Quando fomos comprar as borrachas em Londres, ele brincou com preservativos e pênis de borrachas...

— Olha só. Já existe isso?

— Depois da vulcanização...

— Um tarado... E eu que paguei o pato. Aqui mesmo, sentado aí, disse que quer que a universidade se dane... Não foi exatamente este verbo. Foi bem pior.

Eu não sabia o que dizer.

— Não sei o que dizer...

— Então não diga. Obrigado por compartilhar a correspondência de Mr. Wake comigo.

Assenti com a cabeça. Realmente não tinha o que dizer.

— Sinto muito pelo padre Almerinc.

— Vamos tomar um uísque! — E gritou, de novo: — Miss Dietrich! O campo ficou maravilhoso.

34. E surgem as redes

O caso que vou narrar agora, só vim a saber uns cinco anos depois do ocorrido. Se eu tivesse tomado conhecimento na época, não sei como reagiria. A história poderia inclusive ter envolvido a universidade. Quando soubemos, rimos muito. Inclusive o nosso reitor, então já aposentado e vivendo maritalmente com a também aposentada Lili Dietrich.

O fato envolve duas igrejas conhecidíssimas em Cambridge.

A Igreja de Nossa Senhora e dos Mártires Ingleses[77] é uma igreja paroquial católica romana inglesa localizada no cruzamento de Hills Road e Lensfield Road, no sudeste de Cambridge. É uma grande igreja do Renascimento gótico.

---

77. The church of our Lady and the English Martyrs.

E a outra é a Santa Maria, a Grande, uma igreja paroquial e universitária da Igreja da Inglaterra, no extremo norte de King's Parade, no centro da cidade. É conhecida localmente como Great St Grassy's ou simplesmente GSM para distingui-la de Little St Grassy's. É uma das maiores igrejas de Cambridge.

Até hoje as duas são famosas, entre outros motivos, pelos casamentos suntuosos. Você se lembra que escrevi lá atrás que percebi os garotos Silver cochichando na beira do gramado depois de um — como eles mesmo chamam — bate-bola.

E foi ali, naquele momento, à beira do gramado, que nasceu a traquinagem.

Os garotos eram muito amigos de Geoffrey e seus irmãos Ackroyd, de quem ainda falaremos muito. Eram filhos de ex-escravizados. O pai era cavalariço e trabalhava na coudelaria da universidade. Sua esposa se chamava dona Rosamund e era uma conhecida doula em Cambridge.

Pois bem, na manhã de um belo domingo, sol tinindo, num inverno ainda brando, estavam os três já fora da universidade: Pine, Grassy e Oak, quando Geoffrey chegou cavalgando. Puxava outro cavalo já arreado. Dois cavalos brancos, dignos do plano que começava a ser colocado em prática. Os cavalos, evidentemente, eram da universidade. Um detalhe importante: Grassy e Oak estavam com roupas de domingo, elegantes. Prontos para uma missa, ou até mesmo para um casamento. Pine e Geoffrey pareciam jóqueis. Cada um montado num cavalo. Grassy e Oak nas garupas. Saíram em disparada, mas em sentidos diferentes. Um cavalo se dirigia ao centro da cidade. Outro, ao norte.

Alguém ainda gritou:

— *Hi-uo, Silver, onward!*[78]

Pine galopou até a Igreja de Nossa Senhora, católica. Parou a uns 20 metros da entrada principal e ficou observando aquelas figuras bem-vestidas, sorridentes, convidados para o casamento. Depois de uns dez minutos, com todos já dentro da igreja, chegou a carruagem com a noiva e o pai. A noiva estava linda com uma cauda imensa e alva, que nunca acabava de sair da carriola. Uns pajens ajeitaram aquele translúcido rabo. Foi quando surgiu, não se sabe de onde, uma garota, talvez convidada, e, com um gesto estudado e preciso, num só golpe puxou a cauda e saiu correndo. Seu irmão já estava passando ali a galope, estendeu a mão e a puxou.

---

78. "Ai, ôu, Silver, avante!" Grito de guerra de Zorro para seu cavalo Silver.

Foi uma gritaria, várias pessoas saíram da igreja, senhoras desmaiaram, cavalos relincharam, cachorros saíram correndo atrás, um gato fugiu. Depois do grande gramado, apenas uma poeira na Lensfield Road — ainda de terra — e um véu de noiva tentando atingir o céu de Cambridge, acenando para os noivos incrédulos.

Nenhum cavalo alcançaria os irmãos.

Na outra igreja, a anglicana, a cena se repetiu sem tirar nem pôr.

Na segunda-feira as traves amanheceram, como por milagre, com as redes, com o "véu da noiva". Oak não teria que ir tão longe quando tomasse um tiro na meta.

O senhor reitor gostou muito. Que ficou lindo, ficou. Só que numa trave o véu era branco como a neve que em breve surgiria, e na outra tinha uma cor meio rosácea...

35. Surgem os gandulas

Já que citei Geoffrey, ele teve uma segunda participação no começo do futebol. E teria mais uma. A terceira e mais importante, aliás. Era negro, já disse.

A abolição da escravatura no Reino Unido foi feita em etapas. 1834, 1840, 1843. Não nos esqueçamos que a rainha Victoria estava no trono desde 1837. Portanto, teve a sua participação. Talvez, inclusive, ocasionada pela culpa cristã que carregava, pela quantidade de navios negreiros que a Inglaterra colocava no Atlântico norte e sul. Durante alguns séculos, quando tinham a maior frota do mundo.

Portanto, em 1859, dezesseis anos depois da última canetada real, Mr. e Mrs. Ackroyd (ele, Roger; ela, Rosamund) eram ex-escravizados negros e libertos, originários do Senegal. Ambos tinham em torno de 40 anos. Ele, cavalariço, ela, doula, como já disse e expliquei no capítulo anterior. Tinham onze filhos.

Foi quando ocorreu mais uma reunião no tapetão da Universidade de Cambridge, entre o chanceler lorde Laughton, Eduardo e eu. O assunto: as bolas chutadas para fora de campo (e eram muitas) e o tempo que se levava para achá-las no meio do mato ou entre as folhagens do riozinho que passava atrás do gol oeste, o rio Cam. Depois de muito debate, lorde Laughton prometeu (só no orçamento do próximo ano, portanto 1861) uma verba para cercar o campo com alambrado com fiadas de arame.

— Para este ano...

— O problema, lorde Laughton, se me permite, é o tempo que se perde. O jogo tem exatamente o tempo do recreio, 45 minutos. E se perdem uns dez ou quinze procurando a bola! — retrucou Ed, que, também como professor, técnico e goleiro, era o que mais procurava bolas — ele e eu! —, enquanto os dez alunos da classe ficavam a fazer troça de nós.

Foi quando tive uma ideia que marcaria para sempre o esporte bretão, como dizem os comentaristas neste final do século XIX, quando escrevo estas linhas.

Uma grande ideia.

A família Ackroyd...

No dia seguinte eu resolveria o assunto definitivamente, fazendo uma visita ao casal Roger e Rosamund Ackroyd. Foi assim.

Final do dia, estávamos eu e o Ed tomando umas num pubzinho ao lado da universidade e discutindo o assunto das bolas quando eu vi.

— Olha lá, olha lá!

Albert Edward, príncipe de Gales, engoliu o trago quase se engasgando com o grito que dei.

Recompôs-se e olhou. O que nós dois vimos foi um dos filhos dos Ackroyd, com uns 17, 18 anos, passando correndo como um tiro, um petardo, segurando um litro de leite.

— Sim, é o filho mais velho dos Ackroyd, que está sempre lá no gramado com os Silver.

— Pois então. Sabe que eles moram perto da universidade, né? Na Mathematic Bridge, aquela pontezinha que fica por cima do rio Cam. Gente da melhor estirpe.

Mal sabia eu, ainda, do roubo dos véus das noivas. E o Ed ainda não sabia nada da família Ackroyd. Conhecia apenas os meninos.

— O que faz uma doula? Já sei o que está pensando, Mr. Watson! Elementar.

— Olha a velocidade!

— O leite nem balança...

— Vou fazer uma visita à família amanhã... É a solução para as bolas perdidas, para alívio meu e seu.

O garoto fez a curva no final do quarteirão, dando até uma derrapada.

— Parece um tiro, uma arma (*gun*, em inglês, que se pronuncia gãn).

— Quem?

— O filho da doula!

— O que é uma doula, afinal?

— Dona Rosamund é uma doula, uma espécie de preparadora e assistente nos partos. Com o tempo, e tendo seu primeiro filho, este que passou, o Geoffrey Ackroyd, começou a fornecer seu próprio leite para as mães que não tinham ou não queriam amamentar. São onze filhos, já disse, os filhos do casal: 18, 17, 15, 13, 9, 8, 7, 6, 4, 3 e 5 meses o caçula Wildred.

— Uma doula empreendedora — disse o futuro rei da Inglaterra.

Ficou me olhando, pensando, pensando, e foi ele quem deu o nome:

— *Gun Doula!* — Pronuncia-se "gandula".

— Você adora inventar nomes, Eduardo. Grande nome: gandula!

No dia seguinte atravessei a pontinha e conversei com o cavalariço e a doula. Só não entendi por que Geoffrey saiu correndo quando me viu.

Eu queria chamar os quatro mais velhos para ficar cada um de um lado do campo, correndo atrás das bolas. Dona Rosamund foi a primeira a se manifestar.

— Vou falar com eles. É sempre um dinheirinho a mais, não é? — alfinetou ela, e eu nem havia falado com o reitor. — E no inverno são poucos partos. O que você acha, querido?

— No inverno não nascem bebês. No inverno são "feitos" os bebês.

Todos rimos muito.

— E vão nascer lá no fim do outono — ponderou o cavalariço, chegado a um chiste.

Já tínhamos os gandulas! E o melhor: os garotos iam ganhar um dinheirinho!

36. Um inverno proveitoso para 1860

Posso afirmar quase com certeza que o inverno inglês (de 21 de dezembro de 1859 a 21 de março de 1860) foi o período onde o futebol se firmou na universidade, na cidade e nas redondezas. A repercussão da notícia do novo esporte, jogado com os pés, surpreendeu a todos nós.

Claro que as regras mudavam um pouco de um lado para o outro, mas a base, a essência, o tamanho dos campos, das traves, o número de jogadores e várias outras regrinhas básicas eram bem parecidas.

Isso porque houve um intervalo para as pequenas férias de Natal e Ano-Novo, quando milhares de alunos e centenas de professores foram para as suas cidades e até para outros países e o futebol era, foi, a grande novidade da década que estava acabando.

E o tempo ajudou. Pouca neve, como estava previsto, e a temperatura do inverno todo ficou entre 2ºC e 7ºC, muito boa para se jogar futebol. Choveu muito pouco e não nevou. Lembro-me muito bem.

Fizemos, eu e o Little King (acabou sendo descoberta a sua origem e ele não se incomodava), muitos exercícios físicos com as classes, principalmente corridas e saltos em altura. Por exemplo, chegamos à conclusão de que os laterais (números 4 e 6) dos dois lados deviam ser os que mais corriam do grupo, para chegar ao ataque e para se defender. Os formiguinhas. Os três mais altos, ficavam dois na zaga e um de *center-forward*. Sempre usando o esquema herdado de Mr. Wake, o 1-2-3-5, a quem o Little King chamava, corretamente, de WM. Fizemos os uniformes com números nas costas. Meu *team*, vermelho, e a classe dele, amarelo.

Houve um problema com as botas, que escorregaram na grama molhada ou mesmo orvalhada. O *signore* Cappottani logo pregou — com pregos mesmo — nacos de couros a que chamou de cravos, cuja origem eram os pregos de ferraduras.

Claro que na primeira partida entre as nossas duas classes, ao sair a bola, vinte estudantes correram na direção dela. Trombadas, tombos e mais tombos. Palavrões. Uma boca sangrando, e houve até um braço com luxação. Foi difícil domar os ímpetos, explicar que o campo era grande e cada um tinha seu lugar.

— Gente, não é bem assim...

Em algumas semanas, com muita paciência, tato e desenhos na areia atrás do gol, aquela correria foi tomando forma e ficando mais ou menos como é hoje, 1894.

Um dia, de brincadeira, entraram os três Silver desde o começo. Grassy foi a melhor jogadora em campo, fazendo três gols, se me lembro bem, um deles dando um chapéu — como ela mesma designou o feito —, passando a bola por cima de mim, ajeitando no peito — e que peito! — e dando um petardo, como disse um estudante da faculdade militar que passava por ali. Deixando esparramado no chão este aqui que vos escreve. Fiquei caído ali vendo a bola ir beijar o véu da noiva que ela mesma havia roubado. Eu ainda não sabia. Ainda no chão, vi o senhor reitor na sua janela, rindo da minha situação.

Noutro dia aconteceu algo muito importante. Os gandulas começaram a brincar com os alunos (jogadores) e eram melhores que eles. E muito.

Deixamos eles jogarem um pouco. O futebol nunca mais seria o mesmo. Falaremos mais tarde sobre os jogadores negros, filhos de escravizados. Pena que não podiam jogar entre os jogadores. Por enquanto!

Nós, até então, havíamos jogado apenas entre nossas duas classes da Faculdade de Educação Física, e usando o mesmo sistema. Na verdade, eram treinos.

Um dia o pessoal da física, que tinha lá o campo deles, nos desafiou amistosamente. Foi quando surgiu o substantivo *scratch*.[79] Iríamos fazer uma seleção das duas classes.

Foi quando surgiu um primeiro problema. Poderíamos colocar negros (ex-escravizados), uma jovem? Não universitários?

Era um assunto para o senhor reitor.

Antes, preciso contar uma rápida história, que é a do surgimento do impedimento.[80]

Lá no começo do livro contei que, onde agora havia o nosso gramado, se erguia um velho castelo. Ele foi demolido e tudo que sobrou foi uma velha banheira, hoje toda carcomida, que jazia além da

---

79. Escrete, em português. Reunido ao acaso, improvisado. Seleção de pessoas.
80. O famoso *offside*, nome que até os anos 1970 ainda era usado por muitos jornalistas esportivos.

linha de fundo. Pois um dia o *center-half* fez um longo lançamento para a área adversária, onde, aparentemente, não havia nenhum jogador da equipe dele. Surgiu o número nove, sabe-se lá de onde. O goleiro adversário sabia!

— Ele estava escondido na banheira! Ele estava na banheira. Estava na banheira!

Durante anos o impedimento foi chamado de "banheira". E o rapaz foi admoestado. Apesar de todo mundo ter achado a ideia genial.

A expressão frango também é dos primórdios. O jogo estava em andamento, um avançado corria em direção ao gol, era ele e o goleiro. Ele chutou. Mrs. Silver, que assistia ao treino com dois frangos, um em cada mão, levantou os braços pronta para gritar gol. A bola chegando ao gol e um dos frangos chegou antes e voou em direção ao rosto do goleiro, talvez com medo de que ele fechasse os braços abertos na cara dele. O goleiro olhou para a bola, aquele frango voando, o outro por baixo da perna dele, pena pra tudo quanto é lado, acabou "defendendo" um dos frangos enquanto a bola entrava serenamente. E o segundo frango, ainda por cima, subiu na bola que ainda girava e ficou dando pulinhos.

E alguém logo gritou:

— *Chicken seller!*[81] *Chicken!*

Aquilo ficou para sempre.

Ah, e teve também o tiro de canto, ou escanteio. Ou esquina, ou canto,[82] como chamam hoje em alguns lugares. *Ecke*,[83] na Alemanha, por exemplo. Nos primeiros "ensaios", quando a bola era atirada para trás da linha de fundo do time que defendia, era feito o mesmo procedimento da bola saída pela lateral. Bola no chão e alguém chutava. Quase sempre, aquilo acontecia perto das traves e se juntava um monte de gente dentro daquela área. Aí resolvemos criar o chute de longe, da esquina. Daí a necessidade de um centro-avançado, ou centroavante, alto. Afinal, o outro time se defendia com zagueiros altos. Enfiando as zagas, como os guerreiros do antigamente.

Enfim, quase todo dia surgia uma regra nova, e discutimos muito, eu, o Ed e o reitor, como a gente faria para organizar as coisas.

É o assunto do próximo capítulo.

Antes de sair do campo, estávamos à beira do gramado discutindo se valia gol de cabeça, quando recebi um bilhete escrito pelo senhor reitor.

---
81. Frangueiro.
82. *Corner*, em inglês.
83. Esquina, em português.

Amanhã, quatro da tarde, reunião: eu, o senhor, Albert Edward e Miss Davies. C. Laughton.

Depois, a discussão era se o goleiro podia sair da área com os pés. Foi quando chegou um telegrama de Sarah Emily. Já estava sabendo da reunião do dia seguinte, vinha dormir em Cambridge para facilitar. Vinha de trem. Chegaria às 21h17 (de hoje). Jantar e cama! Nada mal.

Eu precisava confirmar o convite do pessoal da física! Não podia esquecer. Ia ser um bom teste para o nosso primeiro *scratch*. Eu e Ed estávamos animados.

37. Uma aula de lorde Laughton[84]

Lorde Laughton ouviu atentamente nossas explanações, minhas e de Albert Edward, sobre as regras que nós mesmos havíamos criado. E, claro, entendeu exatamente do que precisávamos e o que procurávamos: alguém que pusesse aquilo no papel e que, se possível, arbitrasse nossas pelejas. Para que não se tornassem lutas, batalhas, contendas, desavenças ou brigas. Deu-nos uma pequena aula sobre direito e polícia, tema que dominava.

— Sir Henry Fielding foi um romancista inglês que viveu entre 1700 e 1750, mais ou menos, conhecido por seu humor vulgar e sua intrepidez satírica, e por escrever o romance *Tom Jones*. Até aí é de conhecimento de todo mundo. Porém, além de

---
84. Com a ajuda da Wikipédia.

sua habilidade literária, teve um importante papel na história da aplicação da lei, tendo fundado (com seu meio-irmão John) o que alguns denominam o primeiro corpo policial da cidade de Londres, os Bow Street Runners, usando sua autoridade como magistrado. Sua irmã mais nova, Sarah — não a nossa Sarah Davies —, também se tornou uma escritora de sucesso.

Gostei daquele "nossa Sarah Davies". Era um bom prenúncio para a reunião do dia seguinte. Aquilo era apenas o começo de sua explanação. Chupou seu cachimbo, nos olhou, nenhum de nós fez nenhum comentário, ele seguiu:

— Sir John Fielding foi um notável magistrado inglês e reformista social do século XVIII. Ele era o irmão mais jovem do Henry Fielding. Apesar de ficar cego após um acidente na marinha quando tinha 19 anos, John continuou com seus negócios e, em seu tempo livre, estudou Direito com Henry. Nomeado assistente pessoal de Henry em 1750, mais ou menos, John o ajudou a acabar com a corrupção e participou da criação dos Bow Street Runners. Apesar da circulação regular de uma "gazeta policial" contendo a descrição dos criminosos mais famosos, Fielding também estabeleceu a base para o primeiro departamento de relatórios criminais da polícia. Quando Henry morreu, em 1754, John foi nomeado magistrado em Bow Street, conhecido como o "Magistrado Cego", e diziam que era capaz de reconhecer 3 mil criminosos pelo som de suas vozes. Os Bow Street Runners existiram até vinte anos atrás, em 1839.

Ele acabou a "palestra" e ficou nos olhando com o cachimbo pendurado no grosso lábio inferior, de onde ameaçava escorrer uma pequena baba. Foi o príncipe quem tomou a palavra.

— Em primeiro lugar, obrigado pela pequena. mas valiosa aula sobre o início policial e jurídico da nossa Inglaterra. Acho que nem mamãe, há 22 anos sentada naquele trono, faria melhor. Por outro lado, me desculpe, mas acho que não entendi, não entendemos a relação dos irmãos Fielding com um juiz para nos ajudar.

Ele sorriu.

— Sei dessas informações todas porque estou relendo — pegou um livro e nos mostrou a capa — *Tom Jones*, e no prefácio existem todos esses dados. Entretanto, por outro lado, existe algo que o livro não conta. — Bateu com a mão direita espalmada na capa dura. — John Fielding III é decano aqui da nossa Faculdade de Direito, já aposentado. E neto de John, sobrinho-neto de Henry. Neto! Com uma lucidez impressionante. Uma família de grandes juízes ingleses. Tinha a tia-avó Sarah, meu querido Watson. Peçam para Miss Dietrich marcar uma hora. Se possível, para hoje mesmo. Ele vai adorar ser juiz, de novo, de alguma coisa. — "Alguma coisa", pensamos nós. — Perdão, ser juiz de algo tão maravilhoso! O primeiro juiz de futebol do mundo! Isso não é para qualquer um.

Levantou-se:

— E não se esqueçam da nossa reunião de amanhã com Miss Davies.

— Com certeza.

Já estávamos abrindo a porta quando ele quase gritou:

— Esqueci de dizer que ele foi juiz de críquete na Índia, logo depois de se aposentar.

Nós nos olhamos meio intrigados.

"Críquete"...

38. Sir John Fielding III, o inacreditável

Um velhotinho.

Inacreditável, visual, intelectual, moral e simpaticamente.

Usava um gibão de veludo cor de musgo, com folhas de cinamomo, e ainda calças curtas e apertadas com suspensórios que se cruzavam, um chamativo gorro verde ornado com uma pena de falcão amarrada a uma pedra, e finalmente uma capa de debrum carmesim opaca com capuz, como se fosse uma foto de Oscar Wilde.

Estávamos na varanda de sua casa de sítio, a quinze minutos de Cambridge, a cavalo. Eu, Eduardo, ele e dois gatos angorás. Sua esposa, incrivelmente jovem — devia ter uns 40, e ele, 80 —, passeava no jardim, à nossa frente com dois cachorros, menores que os gatos, usando sombrinha estampada de rosas. Já havia nos servido um bom gim gelado que caía muito bem com o anoitecer campestre.

Sir John Fielding III ouvia a explanação de quase meia hora que eu fazia sobre o futebol. Ele ouvia atentamente, balançando a cabeça de vez em quando e dando tapas nos gatos quando queriam subir no seu gorro verde. Não anotava nada, nem uma vírgula do que eu dizia. A gente já havia desistido de fazer o convite para ele ser o juiz. Ele andava com dificuldade e duvido que conseguisse correr mais de 3 metros. Não sei onde lorde Laughton estava com a cabeça.

Quando fiz uma pausa, ele se precipitou com o corpo para trás, movendo as pernas como se estivesse perguntando o que fazer com elas dentro das calças. Levantou-se bem devagar, gracioso como uma galinha de angola. E disse:

— Sinto-me honrado! Escrevo as leis e arbitro as partidas.

E agora? O velhinho...

Ficou uma situação péssima no ar. Eu e Albert Edward nos olhamos, e, já que ele havia se levantado, também nos levantamos como outras duas graciosas panteras, embora eu não tenha a menor ideia de como uma pantera pode ser graciosa. Foi apenas uma questão de estilo, bastante fresca.

Eu tinha que falar algo. O quê? O lugar parecia tão morto como uma múmia. Anuskha, a esposa, fazia a sombrinha rolar sobre sua clavícula, diante de um laguinho.

— Podemos nos sentar mais um pouco?

Com a mão fez sinal para que nos sentássemos.

— Agradeço por escrever as leis, mas, quanto aos jogos, senhor... Precisamos de alguém que corra durante todo o jogo. E não podemos exigir isto do senhor, com todo respeito e admiração.

Ficamos em silêncio.

Ele se levantou novamente, olhou para o jardim e gritou:

— Anuskha, minha querida. — Ela se virou para trás. — Por favor.

Ela veio caminhando, Ed olhava com olhos de gavião no cio. Suas várias vestes, apertadas, mostrando o corpo que estava ali dentro. Dei até uma olhada para Ed ser mais discreto.

— Já sei. Querem mais gim!

— Sim, é verdade, mas gostaria também de mostrar aqueles croquis que você fez para eu arbitrar os jogos de críquetes lá na Índia. Minha esposa é arquiteta, não sei se havia dito.

— Não, não.

Claro, claro, foi aí que caí em mim. Mrs. Fielding era indiana! Apesar do nome russo. Ou judeu?

— Fui juiz de críquete na Índia há uns dez anos. E só parei porque resolvi voltar aqui para a ilha! Tudo na vida tem solução. Não viu como acabamos com a epidemia?

Anuskha trouxe logo a garrafa de gim e outra de anis.

Enquanto o Terceiro — como chamaríamos Mr. Fielding — servia os drinques, Anuskha debruçou-se sobre a mesinha central, para o nosso lado, enquanto procurava o tal croqui. Ficou naquela posição alguns segundos, o suficiente para que tanto eu como o príncipe víssemos aquilo. Aquilo era um par de seios bronzeados com leve coloração rósea nos bicos. Será que aquela senhora não sentia frio, com o colo assim exposto, sem *bra*?[85] O

---

85. Sutiã. Esquisito, não é? Podia ser qualquer nome, mas *bra*? Não tem hombridade, força, para sustentar nada.

marido, que estava atrás dela, talvez estivesse a ver, no máximo, uns míseros calcanhares. Olhei para o Eduardo, como dando um sinal para a gente parar com aquilo. Eu parei. Ele, quase babou. Ela pegou os papéis, deixou a pasta na mesinha e entregou-os para o marido.

— Vejam, rapazes — disse o empolgado Terceiro. — Vejam!

Vimos, era um desenho muito bem-feito. O difícil é descrever. Naquela época não existia ainda o tênis, criado na mesma Inglaterra uns vinte anos depois. Hoje, 1894, já é um esporte tão popular como o futebol. Um pouco mais da elite... Pois então, era o desenho daquela escada com uma cadeira lá em cima, de onde o juiz apita o jogo de tênis. Aliás, no tênis não se apita, ele fala o placar. E posso garantir que naquela época — 1860 — ainda não existia o apito como hoje. Não tenho certeza, não sei se o apito foi usado primeiro pelos guardas de rua ou pelos juízes de futebol. A conferir.

— Entenderam? Entenderam?

— Claro, claro. Muito bom.

Eduardo foi mais longe. Deu tapinhas nas costas de dona Anuskha.

— Meus parabéns. Muito bom. A ideia e o desenho. A senhora é pintora?

— Assim, assim.

— Deixa disso, querida. É pintora, sim. Modesta como ninguém... Estamos tentando fazer uma exposição no salão de artes do palácio de Buckingham — o futuro rei ficou ereto, seu olho se abriu, me olhou, mas calou-se —, mas sabem como é...

— Meu amor, voltem a falar sobre o fute...

Ed se adiantou:

— Futebol.

O Terceiro:

— Viu a humildade? Por favor, rapazes, venham até aqui deste lado da varanda.

Levou-nos em passos lentos até o outro lado da casa. Apontou o dedo para uma montanha bem distante.

— Estão vendo aquela montanha? — Estávamos.
— Estão vendo uma casinha lá em cima? Uma porta e duas janelas?

— A casinha dá para ver, mas janela, portas...

— A porta é azul-marinho e as janelas são azul-claras. Ou seja, modéstia à parte, eu enxergo pra cacete! — baixo, para nós dois. — Pra cacete, para não dizer palavrão na frente da minha Anuskha.

— Porra... — respondeu bem baixinho o Ed.
O velho não entendeu.
— O quê?
— Porra!

Anuskha caiu numa gargalhada. O Terceiro ficou meio encabulado.

O nosso futuro rei tinha acabado de fazer um a zero. Lembrei-me da mãe dele contando da atriz irlandesa...

E Ed deu mais um passo:

— O senhor será um bom juiz, Mr... Mr. III ou Mr. Fielding?

Foi Anuskha quem respondeu:

— John. Não é, querido?

E eu:

— Como eu. John. Mr. Fielding, conheço um senhor que tem um assovio maravilhoso. Nosso jardineiro, Mr. Silver. Podemos fazer duas cadeiras aqui em cima — e mostrei no desenho. Ele seria uma espécie de auxiliar de arbitragem.

O futuro juiz sorriu, feliz.

— Sim, eu cutuco e ele assovia. — E para a mulher: — Querida, pode-se colocar mais uma pessoa aqui em cima? Não vamos despencar lá de cima? Não vamos machucar o jardineiro?

— Tranquilo, jovens, tranquilo. Não preciso nem redesenhar. É só explicar para um bom marceneiro. O alicerce resiste.

— Ótimo — falamos juntos eu e Ed.

*

No caminho de volta, a cavalo, íamos os dois em silêncio. E nós dois sabíamos o motivo. E eu queria que ele puxasse o assunto. Demorou:

— Tudo bem, tudo bem, eu sei que não devia ter feito o que fiz. Você é o chefe. Sou o auxiliar. Eu... você não vai acreditar... eu me apaixonei. Estou completamente apaixonado!

— Olha, cara, aqui você não é filho da rainha. Como não era em Oxford. E deu no que deu.

Mais um longo silêncio.

— Vou ser expulso?

Fiquei quieto. Mas a minha cabeça funcionava. O garoto sabia seduzir. Para que tenham uma ideia, anos depois, ele iria namorar a maior atriz de todos os tempos, a francesa Sarah (Sarah!) Bernhardt. Ele ia querer namorar a mulher do Terceiro. Expulso ou não. A mulher era mesmo cativante. A cor da pele!

Imagino a pele, o contato com a pele. O cor-de-rosa dos seus seios. Sexto mandamento: pensamentos. Que Sarah me perdoe.

— Vou ser expulso?

Não respondi. E fomos em silêncio até a universidade...

39. John e Sarah, de novo

Depois de mais uma noite e uma madrugada com Sarah Emily, devo confessar que até entendi o fervor sexual do nosso futuro rei. E eu que fiquei até os 26 anos sem conhecer o prazer? Era o que estava comentando com Sarah. Uma manhã dedicada para uma conversa coloquial sobre sexo. Como eu era ignorante! Internamente falava mal de todos os padres do mundo, não apenas o padre Arientti, o curioso. Um amor, fora do confessionário. Um demônio, lá dentro.

Foi quando Sarah soltou a bomba.

— Imagina se ele soubesse que eu já fiz sexo com mulher.

Eu acho que senti o mesmo que o padre sentiria. Um choque forte. Para ser vulgar, um chute no saco. Um silêncio ficou no quarto do hotel. Ela se levantou, nua.

— Vou fazer um chá. Quer?

— Sim, sim.

Você não vai acreditar, mas até então eu só sabia que homem fazia sexo com homem. Havia até uma casa em Londres, naquela época, para este exercício. Mas mulher com mulher nunca me passou pela cabeça. Era um negócio tão absurdo... Olhando a Sarah ferver a água enquanto balançava a esplendorosa bundinha — acho bundinha uma deliciosa palavra —, tentei imaginar como é que elas faziam. E me lembrei da loja de borracha, lá mesmo, em Londres, ao ver aqueles órgãos masculinos — nego-me a escrever pênis, uma palavra que não tem nada a ver com a peça. Parece nome de tio. Tio Pênis —, e de Finnegans perguntando se eu não queria comprar um para Sarah. Eu o odiei naquele momento. Será que ele sabia ou desconfiava que ela... Não, impossível. Eles mal se conheciam. Será que as senhoritas e senhoras compravam aquilo? É inimaginável. Fico tentando ver uma moça entrar na loja, ir à seção dos objetos, pegar, apalpar, cheirar, aí chega o vendedor e sussurra no ouvido:

— Se a senhora esquentar em água quente, o prazer será dobrado.

— Obrigada. Estava precisando de um menor e mais fino. É para presente.

E o vendedor:

— Sim, temos o Constantinople Fuck. Um momentinho. Chegou esta semana. Sente-se, por favor.

— John! John!

Era comigo.

— Oi, desculpa, estava distraído.

— Te chamei três vezes.

— Desculpa, desculpa — e peguei a xícara de chá, como se pegasse num negócio da Constantinopla. E estava quente.

Estávamos bebericando sem falar nada, mas, na minha cabeça, Sarah estava comprando aqueles apetrechos para uma sobrinha, talvez para a avó, já velhinha. Não, tudo aquilo era loucura da minha cabeça. Sexo entre mulheres devia ser apenas beijos de boca. Com língua, vá lá.

— Muito bom o café...

— É chá, querido...

E eu tomei muita coragem.

— Você estava dizendo que faz sexo com mulher.

— Disse que fiz. Não que faço. Foi uma experiência. Tinha 15 anos.

— Não se confessou, né?

Ela me deu um beijinho quente de chá na boca e disse:

— Meu amor, depois de tudo que a gente fez na cama esta noite, você me vem falar em confissão? Alguém já disse que a religião é o ópio do povo? Pois eu te digo que o ópio é a religião do povo.

Aí foi outro choque. Será que ela também é chegada ao vício do ópio?

— Já bebeu ópio?

Ela caiu na gargalhada.

— Não vou nem responder.

— Quem disse que a religião é o ópio do povo?

— Mora lá em Londres, inclusive. Karl Marx é o nome dele. É filósofo, sociólogo, historiador, economista, jornalista e, principalmente, revolucionário socialista. Nascido na Prússia e agora vive lá em Londres. Fui professora da filha dele, a Laura Marx. Uma garota alta, me lembro bem! Inteligentíssima!

— Sabe que eu adoro quando você me ensina essas coisinhas?

Dei um beijinho nela e quis tirar a dúvida.

— Mas sexo com mulher foi só aquela vez, né?

— Por enquanto.

E caiu na gargalhada. Eu também.

Naquela época achava que ela me considerava um retardado. E eu era mesmo. Mais ou menos. Ela dava uns nós em mim. Inclusive na cama.

Que amor de mulher! Só a paixão pelo futebol era maior.

— E amanhã, como será?

— Amanhã será outro dia — e pulou em cima de mim.

40. Ideia histórica de lorde Laughton

Nos meses do inverno, o nosso esporte fez grandes avanços. Só na nossa universidade já existiam mais três campos. Soubemos que em outras cidades o esporte estava se propagando. Nós já tínhamos uniformes numerados de um a onze.

Foi o começo de nossa conversa com lorde Laughton. Eu, Miss Davies e Albert Edward — eu o perdoei, sou um sentimental. Eu estava era com inveja dele com Mrs. Fielding III. Resolvi deixar pra lá sem assuntar mais, depois da bela noite com Sarah Emily Davies.

Estávamos todos na janela de lorde Laughton, que parecia mesmo um camarote, para ver o campo. Mr. Traving, seu filho e mais uns trinta operários trabalhavam em frente à linha divisória do nosso campo. Ali era construída a estrutura que receberia o juiz Fielding III e seu auxiliar Mr. Silver. Um pouco mais atrás, o que concordamos em chamar de arquibancada para acomodar umas cem pessoas. Toda de madeira, com cobertura de alumínio para sol, chuva e neve.

Lorde Laughton havia conseguido uma boa verba para o projeto depois de se inteirar do que se tratava e do sucesso que o futebol estava tendo. Era um homem de visão.

Iríamos inaugurar tudo aquilo no jogo-treino — amistoso, para usar uma palavra do reitor — contra o pessoal da Faculdade de Física dali a uma semana. A turma estava trabalhando com afinco. Além deles, estava o casal Fielding. Tenho certeza de que Little King esperava que a reunião terminasse o mais rápido possível.

Eu fui o primeiro a falar quando nos sentamos na mesa de reunião.

— Se me permite, senhor reitor, gostaria apenas de passar algumas informações, resoluções dos últimos dois dias.

— O senhor tem a palavra.

— Obrigado. Estávamos com problemas de escorregões dos rapazes com suas botas. Resolvemos, junto com o *signore* Cappottani, fazer uns calçados especiais para os jogadores. Acho que já havíamos falado disso. É que o *signore* só pensa em dinheiro. Queria que o senhor desse uma empurrada para sair logo o dinheiro dele. É que vamos precisar muito dele. Várias faculdades estão fazendo seus campos e vão precisar de bolas e *football boots*.[86]

— *Football boots?*

— Sim, é como chamamos os sapatos com cravos embaixo.

— Cravos?

— Sim, pregos de ferraduras, que o *signore* está usando.

— Ok, ok. Ferradura? Será?

— Fique tranquilo. Por favor, senhor reitor, a palavra é toda sua.

— Saiba, meu querido, que sempre que vem me trazer uma novidade eu já sei. Ou, pelo menos, deduzo. Miss Dietrich me disse outro dia, de brincadeira, que vai fazer um cadeirão para eu ficar aqui na janela. Daqui, jovens, venho acompanhando

---

86. Chuteiras.

todos os passos do futebol a caminho do seu grande destino. — Sorriu da própria frase. — Vamos ao motivo desta reunião. Basicamente são dois os assuntos, que se complementam e têm a ver com o projeto de Miss Davies e o nosso futebol. Vocês sabem que a decisão final, para qualquer projeto grande, como é o da Miss Davies, tem que ter o *nihil obstat*.[87] Como teve o futebol e a verba inicial. Ah, devemos cercar o campo, senhores.

— Ótima notícia! — quase exclamei.

— Pois aguarde as próximas. Como eu dizia, preciso de *nihil obstat* do vice-reitor e do conselho dos decanos. E o que eu vou dizer agora, está tudo aprovado. Venho trabalhando neste nosso projeto, trazido por vocês há mais ou menos quinze dias. Em silêncio. Nem Miss Dietrich sabe. Não foi fácil. Mas consegui. Sabia que estava vendendo uma ideia importante para a universidade e inclusive para a cidade. São dois projetos que, tenho certeza absoluta, do alto da minha experiência como educador, vão entrar para a história. Não apenas da nossa pequena e acolhedora Cambridge.

Sarah não se aguentou.

— Estou até suando frio, lorde Laughton!

---

87. "Nada fica no caminho." Liberado. Latim.

— Antes, acho que a hora e o assunto merecem um escocês!

Little King:

— Muito bem lembrado.

Tocou uma sineta de prata.

— Miss Dietrich!

Enquanto ela entrava e ele pedia o uísque, Ed aproveitou para ir até a janela dar uma olhada. E disse:

— Realmente aqui é um camarote. Que visão linda!

Eu sabia a que visão ele se referia. E ele sabia que eu sabia. Deu um sorrisinho para mim.

Miss Dietrich servia generosamente o uísque.

— Querem umas torradinhas de Huntingdon?[88]

— Ótima ideia, Lili.

Nem percebeu que a chamou pelo primeiro nome. Começamos a beber e a ouvir atentamente.

— Como dizia, tenho bisbilhotado muito aqui da minha janela. Sou um privilegiado. E reparei, John e Ed, que os garotos do jardineiro e do cavalariço, Mr. Silver e Mr. Ackroyd, jogam muito melhor que todos os outros juntos. Ou estou errado?

---

88. Famosas torradinhas da cidade vizinha, feita com linguiça de ganso.

— Certíssimo! — eu disse. — Pena que não podem jogar pela faculdade e muito menos pela universidade.

— Chegaremos lá. Inclusive a menina, Grassy, pois não?, é uma *ace girl!*[89]

— Também acho! — entusiasmou-se Miss Davies.

— Por outro lado, Miss Davies me trouxe um excelente e inesperado projeto de uma faculdade para mulheres. De Medicina. Li tudo, senhorita, com agudo interesse. Debati muito com o vice-reitor e com vários conselheiros. Estamos interessados.

— Que maravilha, senhor!

— Calma, minha jovem. Seria colocar novamente a nossa universidade na vanguarda estudantil mundial. Vamos com calma, Sarah, se me permite. Vamos unir as duas coisas. Pedi informações e sei que os meninos Silver, Oak, Pine e Grassy, e os Ackroyd, os três mais velhos, todos eles fizeram a *primary school*.[90] E pararam, por um motivo ou outro. Pois agora, prestem atenção: a Universidade de Cambridge tem a honra de informar, e eu o orgulho

---
[89]. Menina craque!
[90]. O equivalente, no Brasil de hoje, ao ensino fundamental I (o antigo primário).

de ser o portador da notícia, que, imediatamente, está instituído a *secondary school*.[91]

Entendemos tudo. Ele estava transformando os garotos em alunos da universidade. E mais: Grassy Silver também!

Eu e Ed nos abraçamos, fomos até o mestre e o beijamos. Sarah ficou olhando. Charles Laughton:

— Dona Sarah Emily, o *secondary school* será misto, dona Sarah! Misto! Garotos e garotas.

Ela estava sentada, abaixou a cabeça até os joelhos e começou a chorar desbragadamente.

O reitor deu a volta na mesa oval, foi até ela:

— E prometo, com papel passado, que, no máximo até 1869, a sua faculdade de Medicina estará funcionando! Estamos agora formando a base. Bem-vinda à Universidade de Cambridge, querida!

Ela deu um abraço de quase deixar o reitor sem ar e, depois, veio até mim e me beijou rapidamente na boca.

— Obrigada, querido!

— Eu não tenho nada com isso. O gol foi seu. Eu só passei a bola.

— Que passe, que passe!

---

91. Ensino médio, colegial.

O reitor bateu como dedo dobrado na mesa.

— Senhores e senhorita! Para comemorar este grande passo estudantil e universitário que estamos dando, tenho o prazer e a honra, por que não?, de convidar os três e mais Traving e filho, Cappottani e filho, Silver e esposa, Ackroyd e esposa, minha dileta Miss Dietrich, Fielding III e senhora, para um opíparo e magnificente almoço na minha casa amanhã, domingo! Todo mundo gosta de paleta de cordeiro com molho de hortelã? Feito com meia garrafa de vinho branco? Seco, evidentemente!

41. Xapô, dólmã, avental, calça chef e sapato gourmet

Sarah Emily estava linda e numa felicidade que transbordava. Seu gigantesco projeto de uma faculdade na Inglaterra só para mulheres estava, finalmente, saindo do papel.

— Estou numa felicidade, que tenho medo de não me controlar e beber demais. Você me controla. De repente tomo um pileque e a faculdade vai por água abaixo.

— Pois eu acho que este almoço foi feito é para comemorar. Fico de olho. E você em mim.

— Será um prazer. Te olhar.

Descemos dos cavalos.

Foi assim que lorde Laughton me abriu a porta: um *chef* completo e perfeito, para minha surpresa e, acredito, de todos. Usava um dólmã branco transpassado, como convém, e, como a temperatura já estava bem baixa naquele começo de janeiro de 1860, um cachecol grosso e colorido, de lã de carneiro. Amarelo e vermelho, as cores da universidade. Na mão esquerda, uma faca para destrinchar animais de médio porte. E um sorriso de quem já estava começando um saudável pilequinho.

Acho que eu e Sarah fomos os últimos a chegar.

— Vamos entrando, vamos entrando.

As primeiras pessoas que vimos e paramos para cumprimentar foram Fielding III e Anuskha. Que conversavam com quem? Pois, o Little King. Revi a família Ackroyd, os Silver — ainda não conhecia Mrs. Silver, que me pareceu ser da Índia, pela tez —, Traving e Cappottani. Miss Dietrich saiu da cozinha já com duas taças de champanhe. Ela desfilava pela sala com a desenvoltura de dona do lar, comentou Sarah, exalando sexo. Não Miss Dietrich, mas Sarah Emily Davies.

Antes de enfrentarmos o cordeiro prometido, foram servidas iscas de borrego ensopado, mas secas, como aperitivo. O bar era bastante generoso. E o nosso reitor passava por todos, fazendo um comentário aqui, outro acolá. Mr. Traving informou que a arquibancada e o cadeirão do Terceiro estariam prontos para o jogo amistoso contra a Faculdade de Física. *Signore* Cappottani disse que já havia feito umas vinte bolas, para as outras faculdades. Agradeceu-me a invenção do brinquedo. Dividi com os demais.

E o cordeiro estava mesmo supimpa, com o molho de hortelã nem muito encorpado, nem aguado. Quem diria, Charles Laughton! Nunca poderia desconfiar dessas suas aventuras culinárias.

Quando praticamente todos já haviam comido, lorde Laughton se levantou:

— Em primeiro lugar, agradeço a todos os futebolistas aqui presentes. Acho que é a primeira vez que esta palavra é falada. Fu-te-bo-lis-ta! Sinto-me orgulhoso. De todas as pessoas já envolvidas com o nascente futebol, apenas uma não está presente. E foi ela quem deu a ideia de criar um novo esporte. Eu diria, fazendo um chiste, que ela deu o pontapé inicial. Seu filho está aqui a representando. — E apontou para Ed. E aconteceu um zum-zum-zum, porque nem todos ali sabiam que ele era filho da rainha Victoria. Ele agradeceu com um abaixar de cabeça, ao lado de Anuskha, que mantinha a boca aberta, e o Terceiro, que estava também espantado.

— Continuando, pessoal, pedi a Miss Dietrich que, não sei se sabem, é uma doceira de mão cheia, que a sobremesa que já está servida no jardim dos fundos fosse uma homenagem à nossa rainha. E o que foi que você fez, senhorita?

A sobremesa:

— "Bolo esponja da rainha Victoria", também conhecido como Victoria Sponge ou Sponge Sandwich. Fora as famosas torradinhas. Vamos ao jardim?

Nos deslocamos todos. Realmente uma delícia. É um doce que parece um sanduíche de bolo com morangos em calda. Sarah imediatamente pediu a receita para sua primeira amiga na universidade. E a doceira começou a explicar em detalhes, em mínimos detalhes.

Saí para pegar mais um pedaço e percebi que Ed e a mulher do Terceiro não estavam mais no jardim. Ao fundo havia um pequeno bosque. Dois mais dois. Senti que tinha que ficar ao lado do Terceiro conversando sobre qualquer assunto, antes que ele atinasse o que eu imaginava que estava acontecendo. O menino era mesmo um perigo.

Fui conversar com o Terceiro e peguei logo um assunto demorado. Discutir as regras do futebol. Ele achou ótimo o assunto. Do outro lado do jardim, Sarah me olhava meio pedindo socorro, porque Miss Dietrich devia estar na quinta receita de bolos ingleses. E eu, com os olhos, dava sinais para ela vir até onde estávamos. Foi quando o meu xará deu uma ideia que seria de importância fundamental para o futuro do futebol. Aquilo ia render uns vinte minutos de conversa. Acho que o suficiente para o reizinho fazer o seu serviço, provavelmente ali naquele bosque, a uns 30 metros de onde estávamos a repetir o sanduíche da rainha.

— É sobre aquela marquinha, naquele espaço que vocês chamam de área. Sabe, a marquinha?

— Sim, a marquinha — tudo que ele falasse, eu iria responder para ganhar tempo. Quando Ed for rei, vou cobrar com juros e correção monetária baseados nos fundos especulativos da real poupança britânica.

— Pois.

— Punição, penalidade, castigo, retribuição, disciplina.[92] Estou usando palavras do direito. Isso vem do direito romano. Em latim: *poenas, supplicium, iudicium, rationis, disciplinam.*

---

92. *Punishment, penalty, retribution, discipline.*

E eu ganhando tempo.

— Interessante, muito interessante. Quer dizer que penalidade é *supplicium* em latim. Estou achando interessante.

— Sim, são as leis que todos os países têm em seus códigos penais. E essas penalidades, essas faltas que se cometem então no futebol, têm sua punição, seu suplício, digamos assim. Veja: empurrou, chutou a perna, derrubou, colocou a mão na bola, são faltas. E a punição é chute com barreira. Está me seguindo?

Enquanto olhava para todos os lados.

— Sim, estou acompanhando o senhor. As faltas. Com barreiras ou sem barreiras. O goleiro é quem decide.

— Exatamente. Aonde eu quero chegar? É que quando a falta é feita dentro daquela área, acontece o que em direito chamamos de pena capital. E o que é a pena máxima? A pena de morte, por exemplo.

— Me perdoe, aonde o senhor quer chegar?

— Que a falta dentro da área é uma penalidade máxima.

— Pena de morte? — me assustei.

— Não, coloca-se a bola na porra da marquinha e, sem barreira, apenas o atacante, ou seja lá quem for, e o goleiro. E o goleiro só pode se movimentar quando eu apitar. Entendeu? Penalidade máxima! Está resolvido o problema.

— Mr. Fielding, o senhor é um gênio! Um *penalty*! Isso é meio gol feito.

— E é por isso que se chama pena capital, penalidade máxima.

Nisso eu vejo a esposa dele saindo do pequeno bosque e vindo até nós dois, como se nada tivesse acontecido.

E chegou falando:

— Quer dizer então, Mr. Watson, que aquele garoto é o filho da rainha Victoria?

— Não é incrível?

— Querido, você precisa passear no bosque.

Nossa conversa foi interrompida por um cachorro ou mais latindo ferozmente na casa ao lado. E poeira sendo levantada. O reitor correu logo para a porta da rua e a abriu. Todos o seguiram. Little King estava meio esfarrapado, com a calça de veludo rasgada e um negro tentando conter os buldogues brancos do vizinho.

— Mr. Albert Edward, entre, entre! Miss Dietrich, mertiolate e gazes! Ah, esses cachorros de Mrs. McCarthey! Não é a primeira vez!

— Estou bem. Foi mais o susto. Saí para fumar um cigarrinho... Não foi nada grave.

Dei uma olhada feia para ele e puxei o reitor, para mudar de assunto.

— Senhor, como vamos fazer o amistoso com os alunos da Faculdade de Física, o senhor poderia me dizer alguma coisa sobre o professor e técnico deles?

— Claro, meu filho! Está bem servido?

— Foi tudo ótimo.

Deu um chupão no cachimbo, puxou uma carninha de cordeiro que devia estar encravada entre o segundo e terceiro molar, deu uma olhadinha, fez uma bolinha e a jogou lá pra fora, no jardim. Aproveitou e fechou a porta por onde o Little King havia entrado, que dava para a rua. E eu já tinha imaginado o acontecido. O danado pulara o muro no fundo do bosque depois de fazer o servicinho e não contava com os buldogues. E, nesse exato momento, Mr. Fielding, de joelhos, assoprava e passava mertiolate no calcanhar dele.

— James Clerk Maxwell é seu nome, e vai dar muito o que falar. Estudioso dos gênios Newton, Faraday e Ampère. Formado aqui conosco em Física e Matemática. Foi ele quem inventou o parafuso de rosca soberba.

— O que é isso?

— Pergunte para ele. Um rapaz pouco mais velho que você. Simpaticíssimo! Vamos ver a perna do reizinho. Foi ele quem deu a forma final à teoria moderna do eletromagnetismo.

Nisso lorde Laughton bateu palmas, todos olhamos para ele:

— Senhoras e senhores, antes do licor, Miss Dietrich quer apresentar um número para vocês.

E apontou para a direita, por onde entrou Miss Dietrich, toda de negro, mostrando inclusive os joelhos, carregando uma simples cadeira.

Formou-se um círculo em torno, ela se sentou, dobrou a perna e começou a cantar — para surpresa de toda a Universidade de Cambridge! — uma linda canção intitulada "Lili Marlene", de um alemão seu primo, chamado Rainer Werner Fassbinder! Cantou em alemão! Um show inesquecível! E ainda: ao piano o seu lorde Charles!

Palmas, palmas, palmas. Ela estendeu o braço apontando para o namorado. Mais palmas. Uivos!

Bravos!

*

Voltando para casa, mais tarde. Eu, Sarah e o futuro Eduardo VII. A cavalo. Sem pressa.

— Sabe que quando ela fazia o estribilho eu chegava a ver o joelho?

Não preciso dizer quem viu o joelho.

— Sabe o que você cometeu hoje, Ed?

Ele me olhou preocupado. E eu:

— Um pênalti! Uma penalidade máxima!

— Como? O que é isso?

— Pergunte ao Terceiro.

Sarah:

— Que conversa é essa?

— Ele cometeu o primeiro pênalti da história... Um *supplicium*...

Sarah:

— Acho que vocês beberam muito.

42. Entrando em campo
(+ ou −) pra valer

Antes de começar o amistoso, Ed, Terceiro, Mr. Silver, Mr. Maxwell e eu, à beira do gramado, acertamos poucas regras comuns e combinamos de fazer dois tempos de jogo. Porque como o campo tinha uma pequena inclinação, o professor de Física foi logo dizendo que quem jogasse da esquerda para a direita teria uma leve vantagem, segundo já dizia o ex-aluno de Cambridge lá no século XVII, Isaac Newton. Disse isso quase como uma pilhéria. E concordamos também em poder fazer quantas substituições fossem possíveis. Ele não tinha reservas, mas podia usar os meus jogadores. Era realmente gente boa, o homem da rosca. E eu também.

Ah, lembrei-me agora, o juiz da partida, Mr. John Fielding III, havia inventado um esquema complicadíssimo, bem inglês, de cartões coloridos para punir faltas, expulsões ou pênaltis. Com as cores da nossa universidade. Amarelo e vermelho.

— Isso não vai dar certo, Mr. Fielding!

A explicação era complicadíssima e dissemos que íamos pensar nisso noutra hora. Talvez daqui a um século, pensei. Ficava tudo na base do apito. E se a falta fosse muito violenta, Mr. Silver daria três apitos e o jogador estava expulso e não podia ser substituído.

Eu jogaria a primeira parte da partida no gol. Mandei fazer umas cotoveleiras e joelheiras para amortecer as quedas. Nosso time estava vestido de azul-escuro e os estudantes de física de verde-claro. E os dois times já usando chuteiras com cravos. Os escorregões haviam diminuído e muito. *Signore* Cappottani estava ganhando muito dinheiro com isso.

Apoiando-se em Mr. Silver, o Terceiro lentamente alçou seu posto. O juiz cutucou, Silver apitou, todo mundo olhou para ele, ele fez sinal para cada um tomar sua posição no campo. Por sorteio tipo *JanKenPon*,[93] que os alunos japoneses haviam le-

---

93. Pedra, papel e tesoura. Os jogos Ken começaram a aumentar em popularidade em meados do século XIX. Acredita-se que *Jan Ken Pon* tenha sido inventado na China, a julgar fontes textuais da época, e posteriormente importado para o Japão.

vado para a universidade, os alunos de Física iriam começar.

Silver apitou. O centroavante da equipe de Física cutucou para o volante, que veio correndo uns 10 metros, sem que ninguém fosse ao seu encontro, e chutou direto para o meu gol. Não vinha com tanta força e eu me posicionei para pegar. A bola foi se desviando num "desenho mágico"[94] e entrou no outro canto enquanto eu me estatelava na risca de cal. Foi assim o primeiro meio minuto do meu time.

Levantei a mão para o juiz e fui caminhando para o lado dele. Puxei Mr. Maxwell.

— Senhor juiz, faltou combinar pedir tempo, como em tantos outros esportes.

— Tem razão — disse o Terceiro. Três tempos em cada parte do jogo. E quem pede tem que ser o professor.

— Correto. Tempo!

Havia mais de umas duzentas pessoas assistindo, inclusive Charles Laughton, de cartola.

O Terceiro:

— Dois minutos de tempo. E como foi gol, os senhores — apontando a minha equipe — recomeçam a partir do meio-campo.

---

94. Obrigado, Chico!

Levei meus jogadores para um canto e chamei também os reservas: Pine Silver, Oak Silver, Grassy Silver (que também usava calça comprida), Geoffrey, Tuppence, Reynaud e Matthew Ackroyd. Todos devidamente uniformizados.

Mr. Maxwell se aproximou:

— Quem são os jovens?

— Alunos do curso médio, criado na semana passada. Estão devidamente matriculados.

— Ahn...

— E o que é parafuso de rosca soberba?

Ele caiu na gargalhada.

— Te peguei! É um princípio da física aplicado ao futebol. O tiro do meu jogador foi um tiro de rosca. Já que é um amistoso, chama todos seus garotos e vamos para o seu gol. Vamos trocar o que sabemos de tática, chutes. A física é muito importante no futebol.

Nos ensinou a bater na bola para que ela fosse girando no ar, desviando, portanto. Chamava aquilo de "efeito físico". Bastava bater na bola dando o efeito lateralmente. Com três dedos para ela ir para a direita. Isso com o pé direito.

E começamos a brincar de gol de rosca, o chute de três dedos, com efeito contrário. Aí todo mundo ficou dando chutes de três dedos, trivela, tornou os primeiros 45 minutos com cada professor ensinando o que já tinham inventado, um para o outro. Os meninos Silver e Ackroyd deram um show à parte. Chapéu, drible da vaca, calcanhar, trivela, Grassy fez cem embaixadinhas. Aquilo, mais do que um amistoso, virou uma festa. A cada lance, a plateia gritava, aplaudia.

E o público se divertiu. Aquilo estava mais para um circo. Depois de 45 minutos, houve um intervalo de uns vinte minutos e resolvemos misturar os dois times e os reservas. Mr. Maxwell, que já havia percebido a astúcia dos filhos dos ex-escravizados, pediu para jogar com dois, no que foi atendido. E ele queria ainda a Grassy. Sarah, na arquibancada ao lado do reitor e da chefe de gabinete, fez sinal de mão com um enorme não.

E assim começou o segundo tempo. Na verdade, o primeiro.

E foi uma alegria que contagiou a todos. Aplausos, gritos. Uma festa. O circo estava armado.

Quando Mr. Silver deu o assovio final, a assistência toda aplaudiu. Vários jogadores foram cumprimentados, abraçados. Quase carregados, apesar de sujos.

Terminou oito a oito. Grassy fez cinco de um lado e Geoffrey Ackroyd[95] — o melhor em campo — fez seis pela equipe de Física.

E abriram-se os barris de cerveja!

Tanto o juiz como o assoviador estiveram a contento, poderia dizer a crônica desportiva.

Os jogadores estavam numa felicidade indescritível. Os mais festejados eram Geoffrey e Grassy, que começaram a ser chamados de *top scorers*![96] Todo mundo queria abraçar os jogadores, principalmente os *top scorers*!

Quando estávamos tomando cerveja, Mr. Silver me chamou num canto.

— Com licença, professor, mas precisamos conversar.

— Claro, claro. Como foi o trabalho com Mr. Fielding?

---

95. Geoffrey Ackroyd tinha 18 anos. Com 23, ainda nos anos 1860, jogando pela universidade, foi convocado para a primeira seleção inglesa amadora para jogar contra a Irlanda um amistoso. Apenas em 1978, mais de cem anos depois, um negro jogaria com a camisa branca da seleção da Inglaterra: no dia 29 de novembro de 1978, Viv Anderson Alexander marcou história no futebol mundial. Ele jogou por vários clubes nos anos 1970 e 1980, incluindo Nottingham Forest, Arsenal e Manchester United, e foi o primeiro jogador negro a vestir a camisa da seleção inglesa profissional, tornando-se um personagem importante na luta contra o racismo que ainda acontece no esporte em pleno século XXI.

96. Artilheiro.

— Pois é esse o problema, professor. É que... Mr. Fielding, ele...

Vi que ele estava encabulado.

— Pode falar, Mr. Silver. E, antes que eu me esqueça, parabéns pelos gols da sua filha. Inclusive o de pênalti. E o de rosca soberba. Foi mesmo de rosca e foi soberbo!

— Muito obrigado. Nós é que temos que agradecer ao senhor.

— Diga lá, parece encabulado...

— Eu estou todo dolorido, senhor. É isso.

— Dolorido?

— Sim, queria que o senhor falasse com Mr. Fielding. Cada falta, tiro de esquina etc., ele me cutucava com o cotovelo. E quanto mais violenta a falta, ele se animava e dava três ou quatro cutucões. Pelo amor de Deus. E foram muitas faltas, muitas bolas pelas laterais, linha de fundo... Só gols foram dezesseis. Vai somando tudo, vai.

Eu tive que rir.

— Desculpe rir. Vou falar com ele. Vamos inventar alguma coisa diferente de cotovelo.

— Muito obrigado, professor.

Fui procurar o juiz, que estava conversando com o reitor. Sem a esposa. Ed também não estava por ali. A Universidade de Cambridge tinha muitos bosques.

O reitor, empolgado como um galo convalescente que reaprende a cacarejar depois de uma longa doença.[97] Depois de cacarejar sobre várias jogadas:

— Diga aos seus garotos e às respectivas famílias que eles vão ter todo o curso secundário e a faculdade que escolherem de graça. Tudo pago pela universidade. Com muito orgulho.

Fiquei com os olhos marejados como ficava Alice no País das Maravilhas, livro lançado cinco anos depois daquele dia. Não resisti e sapequei um beijo na bochecha flácida do nosso reitor, sem cujo apoio irrestrito nada daquilo teria acontecido.

Ele ficou imediatamente vermelho de vergonha e a única coisa que conseguiu fazer foi retribuir. Me beijou.

Tudo isso aconteceu no dia 11 de fevereiro de 1860![98]

---

97. Raymond Chandler.

98. Exatos 86 anos depois nasceria o escritor Mario Prata, este do rodapé. E exatos cem anos depois, em 1960, o garoto, com 14 anos, começaria a escrever no jornal *Gazeta de Lins*, no interior de São Paulo. E já era viciado em futebol. E péssimo jogador. Inclusive de futebol de botão.

43. Um convite para um confronto difícil

Quase um mês depois, lorde Laughton convocou-nos para uma reunião. Íamos a pé, atravessando o gramado. Eu nunca havia falado nada com o reizinho sobre o namoro dele com a esposa do nosso juiz Fielding. Nenhum dos dois havia puxado o assunto, mas eu já tinha quase certeza de que no vasto campus da universidade corriam fofocas à boca pequena, como se dizia naquela época. Eu não tinha nada com aquilo nem queria ter. A convocação do reitor me deixou meio com a pulga atrás da orelha, para citar outro dito de meados do século XIX. Foi ele, Ed, quem puxou a conversa.

— John, queria falar com você sobre a esposa do Terceiro.

— Não se preocupe comigo. Fique tranquilo. O problema é se o assunto da reunião for esse.

— É, pensei nisso.

Demos mais uns passos.

— John, ele sabe, desde o primeiro dia!

Levei um choque. Como assim?

— Ele é impotente...

Mais uns passos em silêncio.

— Eu até sugeri para ela aqueles aparelhos sexuais de borracha.

— Si...

— Os dois são contra. Aquilo. E não me pergunte por quê. Não é que ele aceite e incentive a relação. Quando a gente se conheceu, eles já tinham conversado sobre o assunto. Algumas vezes, é claro. E ele meio que "autorizou" que ela procurasse alguém. Só não queria que fosse alguma coisa escandalosa. E não é. A gente tem feito o possível.

— Mesmo, é? — Não resisti à piadinha. — Quer dizer que, no caso, quem é o Terceiro é você...

Ele riu, o sem-vergonha, e me deu um soquinho no ombro.

— Você acha que lorde Laughton está sabendo de alguma coisa? Vai contar para a minha mãe?

Era uma criança mesmo. Mas que eu morria de inveja dele, morria. Acho que, depois de Mrs.

Fielding, só mesmo uma Sarah Bernhardt algumas décadas depois.

Chegamos, cumprimentamos Lili — ela começou a nos pedir para tratá-la assim —, que nos anunciou, e entramos.

— O assunto é sério. Muito sério! Preciso, inclusive, avisar a rainha!

Ele olhava para mim, depois para Ed. E eu olhava para Ed e ele para mim.

O chanceler pega uma carta já aberta em cima da mesa.

— É isso aqui!

Denúncia anônima, pensei. E Ed deve estar pensando o mesmo.

— Senhores, meus jovens, a Universidade de Oxford nos desafia para uma partida de futebol! Tenho aqui duas cartas, numa só. Uma de reitor para reitor, e outra do treinador-professor deles para vocês!

Passavam mil coisas pela minha cabeça. Primeira, que o futebol já havia chegado até Oxford. Segunda, que eles já tinham um time. Terceira, que Ed e a mãe dele fariam questão de que nós vencêssemos. E agora?

— Vocês não falam nada?

— Estou assustado, senhor! O futebol está indo longe demais.

Ele sorriu gostoso.

— Eu nunca tive dúvidas.

Ed:

— Vamos arrasar aqueles merdas! Ó, desculpe, senhor reitor!

— Vamos, Little King! E você fica encarregado de falar com sua mãe. Aproveite o fim de semana e vá com Mr. Watson. Eles querem já definir a data. Temos que ver quando Sua Alteza está disponível para viajar. A primeira coisa é ver a agenda dela. E eles perguntam onde poderia ser o jogo. Pois a sua mãe vai decidir isso. Sugiro, é óbvio, que seja aqui. Vocês ficam encarregados de resolver isso com ela.

— Aliás — eu disse —, podem ser dois jogos: o primeiro aqui e o segundo lá, em Oxford. E, se a sua mãe gostar da ideia — dirigi-me ao reizinho —, fazemos um terceiro jogo em Londres. Basta adaptar um pedacinho de um parque.

A rainha, depois, teria a mesma ideia: três jogos.

— O Hyde Park![99] — rebateu o reitor. — Você leva as cartas, entra em contato com o professor

---

99. Hoje em dia, existem inúmeros campinhos de futebol para recreação no Hyde Park, o mais central e maior de Londres. Charles Laughton estava enxergando longe.

de lá, está aqui o nome dele: Mr. Leopold Bloom. Também da Faculdade de Educação Física.

— Nos entenderemos.

— Primeiro vão falar com a rainha. Tudo começou com ela. E mais: digam a ela que fazemos questão da sua real presença. Pelo menos aqui.

O Albert Edward:

— Ela virá! Não precisa nem convidar. Conheço minha mãe. Adora umas tochas acesas![100]

— Falem com Mr. Maxwell, façam uma seleção, um escrete. Aquele rapaz que bate faltas de rosca é muito bom.

— Sim, claro. Eles têm também um zagueiro muito bom. Não sei se se lembra.

— O número 3, não é? — arrematou Ed.

— Exatamente.

Lorde Laughton levanta o dedo:

— John, preste atenção. Chame Maxwell e os jogadores deles. Trabalhem juntos, você, Ed e ele. Coloquem uma coisa na cabeça. Você é o treinador. Tudo bem que o físico entre com as roscas dele. Quem manda é você. Certo, John? Certo, Ed?

— Não existe nenhuma dúvida, lorde Laughton! Eu, de minha parte, ainda estou aprendendo.

---

100. Outro "hoje em dia": seriam, nos dias atuais, os holofotes?

— Ótimo. Outra coisa. Quem vai apitar?

— Mr. Fielding, com certeza! — confirmou, entusiasmado, o seu comborço.[101]

— Conheceu lá, no seu tempo, esse... — lendo o nome na carta — professor Leopold Bloom?

— O nome não me é estranho... Não, acho que não é de Oxford. Talvez em Londres, não sei mesmo. Irlanda?

Lorde Laughton se levantou.

— Querem ir de trem? Peçam para Miss Dietrich ver isso. E hotel.

Sorrisos e apertos de mão.

O futebol começava sua grande expansão.

E, por causa do cólera, as regatas entre as duas faculdades, em Londres, no rio Tâmisa, ficaram um tempo paradas. A rivalidade neste jogo seria máxima! Virão torcedores da Universidade de Oxford, com certeza.

---

[101]. Dicionário Aurélio: "aquele que é amante de uma mulher, em relação ao marido". Machado de Assis usava muito.

44. De novo com mamãe Victoria

Eu e o filho dela. Ela e o pai do menino. Nada de maconha. Como o encontro foi marcado muito em cima da hora, eles — a rainha e o príncipe Albert — devem ter pensado que a conversa seria sobre uma nova diabrice do filho e mais uma expulsão. Aliás, quero registrar para a história que o Albert e o Albert Edward não se cumprimentaram. Nem se olharam durante a rápida visita. A conversa foi na Sala de Música, encurvada e com cúpula. E estava lá, hirto, o carnavalesco, que, vim a saber, era lorde Chamberlain.[102] Não sei qual era a função dele, já que não havia naquele dia nenhum papagaio para ele dar semente de cânhamo.

Conforme fui contando sobre o futebol, desde ter a ideia de um esporte com os pés, tanto a rainha

---
102. Lorde camareiro.

como o marido foram relaxando e se entusiasmando. Tanto com o futebol como com a participação do filhinho Ed.

— Isto é estupendo, Mr. Watson! Estupendo! Que ideia, *my god*! Como é que ninguém nunca pensou numa coisa dessas? Com os pés, Alberto! Com os pés...

— Pensar até pensaram, mas era algo animalesco. Coisa da Idade Média, antes do Renascimento. Bem antes destes quadros na parede. Se não me engano, Rembrandt, Van Dyck, Rubens e Vermeer.

— Ó, o senhor é um amante das artes?

— Papai era pintor... Não trabalhou no século XVII como esses quatro gigantes. Não sabia que *Moça com brinco de pérola* estava aqui.

— Temporariamente. Foi uma gentileza do diretor do museu Mauritshuis,[103] de Haia, através do rei Guilherme III, da Holanda, casado com uma aparentada nossa. Soube que eu era apaixonado pela maior pintura de Johannes Vermeer e nos emprestou. Por cinco anos posso admirar. Quem poderia imaginar que o branco usado para pintar o brinco da moça tivesse sido aqui da Inglaterra?

---

103. Real Galeria de Pinturas de Mauritshuis (Casa de Maurício, aquele de Pernambuco, o Nassau, que, durante a invasão holandesa, quis mudar o nome de Recife para Maurícia).

— É mesmo?

— O Rembrandt também é de lá, de Haia. Sim, mas voltemos ao futebol. Acho que a bola, criada por Da Vinci no começo do século XVI, vai fazer tanto sucesso quanto o brinco da mocinha.

O príncipe Albert falou grosso:

— Que comparação mais esdrúxula! Comparar Vermeer e fute... futebol?

— Nossa, príncipe Albert! — retrucou sua esposa. E indignada: — Como se você entendesse mesmo de arte! E de futebol!

Percebi que estávamos entrando num entrevero familiar. Real, mas entrevero. O filho acalmou os ânimos:

— *Dad, mommy, less...*[104]

E para mim, baixo:

— Desculpe, Mr. Watson. Família...

Eu olhava para o lorde camareiro, que estava impávido, surdo, mudo, cego. De cera!

— Pois, como eu ia dizendo, recebemos um convite de Oxford!

A rainha me olhou séria.

— O senhor não ia dizendo nada. Convite de Oxford? Para quê?

---

104. Papai, mamãe, menos.

— Desculpe, achei que já havíamos entrado no assunto. Desculpe, Majestade.

E, quando falamos sobre o futuro jogo contra a Universidade de Oxford, a rainha foi abrindo um sorriso, abrindo outro sorriso e deleitou-se. Foi um prazer suave e prolongado, com trocas de olhares para o filho e para mim.

Albert bocejou.

— É maravilhoso! E com o testemunho de Rembrandt, Van Dyck, Rubens e Vermeer. Vamos levar a nossa rivalidade dos remos para a bola de Da Vinci. E para o brinco de Vermeer — disse, acho que provocando o marido.

Que apenas balbuciou:

— Bah...

— Portanto — fui entrando no assunto principal —, viemos aqui porque gostaríamos que Vossa Majestade marcasse o dia e hora da contenda. Visse sua agenda. E gostaríamos muito, e aqui vai um pedido de lorde Laughton, que a primeira partida fosse no nosso campo. E com a senhora presente! — Tinha me esquecido do príncipe Albert. — E o senhor também, claro.

Ela foi muito rápida! Certeira!

— Certo, Mr. Watson. Dia 1º de abril, um domingo.

Seu marido falou:

— Vossa Majestade tem um encontro com os criadores de ovelhas do norte... Esqueceu? Dia 1º de abril.

Ela deu um sorriso muito gostoso.

— Eu sei! Eu não me esqueço de nada, senhor. Quer motivo melhor do que este para evitar a choradeira dos ovinocultores? Vamos ao futebol! O ministro da Agricultura resolve o problema deles. Dá para preparar tudo? Tem mais de um mês. Que dia é hoje?

— Tem certeza, senhora, de que é um domingo? — perguntou o filho educadamente.

— Ora, menino! Aliás, Albert Edward, vou escrever ao reitor de Oxford, Sir Paul Sinclair, e propor algo mais. Um ano em Cambridge, outro em Oxford, e um terceiro em Londres. E assim sucessivamente. Vai providenciando um campo, Albert! Peço aos dois que mandem as medidas e divisões do gramado para o príncipe. Não precisa ficar nervoso, Albert, você tem dois anos para fazer isso. Você joga, meu filho?

Albert Edward:

— Tínhamos pensado nisso, no revezamento. O técnico é Mr. Watson e eu sou auxiliar. Jogo no gol, às vezes.

— O que é jogar no gol?

— Evitar que as bolas entrem.

Ela, visivelmente, não entendeu aquilo.

— A meta do jogo não é exatamente fazer com que as bolas entrem? Ou entendi mal?

Eu intervim:

— Sim, Majestade, mas temos que evitar que elas entrem também na nossa equipe. Para isto existe um goleiro, que pode pegar com as mãos.

— Não era só com os pés?

Achei que a rainha ia impugnar o goleiro.

— Ele pode jogar com as mãos e os pés. É uma das posições mais importantes da equipe.

Ela fez cara de tonta. Não sei se assimilou. E perguntou como ia se chamar o time. Eu nem tinha pensado nisso. Tinha que ser alguma coisa usando o nome da universidade. E me lembrei que, ao nos pedir o novo esporte, ela havia falado mais de uma vez em união. Soltei:

— Cambridge United.[105]

— C.U.? Ótimo, a união é importante. Muito bem escolhido!

Ed me olhou surpreso:

---

105. O Cambridge United (CUFC) é profissional desde começo do século XX, ainda existe e disputa a quarta divisão inglesa. O distintivo é uma bola em preto e branco — aquela do Da Vinci — com um grande CU em amarelo no meio. Embaixo, uma faixa: Cambridge United Football Club. Não sei exatamente se este é o mesmo clube criado na universidade em 1860.

— Que bom que gostaram.

Inesperadamente a rainha se levantou, foi até onde eu estava e pediu que a acompanhasse. Saímos os dois e deixamos pai e filho cada um olhando para um quadro de caça às raposas diferentes, de uma parede menos importante.

Na outra sala, mais íntima.

— O que aconteceu com o meu filho, senhor?

— Como assim, Majestade?

— Nunca o vi assim. Calmo, sabendo ouvir, com uma cara saudável, não xingou o pai nenhuma vez... O que fizeram com o meu menino?

Tive um estalo, na hora.

— Só pode ter sido o futebol.

— Que ótimo. Se for isso mesmo, voltemos. Voltemos. — Parou. — Não tem mulher nisso, não é? Ele não pode ver um rabo de saia...

— Que eu saiba, não. Não tenho tanta intimidade com ele.

— Então que ele seja um bom goleiro. Assim que se diz, não é? O menino está ótimo.

— Muito obrigado, Majestade.

E me passou um cigarrinho enrolado.

— Um presentinho real. Estou impressionada com o menino. Parece outro. Que bem está nos fazendo o Cambridge United.

— Cambridge United.

— C.U. Já estou vendo o brasão nas camisetas. Posso fazer um pedido?

— Quantos quiser!

Achei que ela ia querer discutir as mãos dos goleiros.

— Queria dar um nome para a competição anual.

— Claro! Já tem uma ideia?

— *The Queen's Game!*

Achei realmente maravilhoso. A partir daquele momento o futebol era vitoriano.

— Melhor, impossível.

Voltamos para a sala de música.

Ela entrou de braço dado comigo. Pai e filho não haviam se mexido.

Ela disse bem alto para a garota do brinco de pérola:

— Minha filha, vou publicar um édito ainda hoje: está instituído o THE QUEEN'S GAME. Revogam-se as disposições em contrário. Lorde Chamberlain, redija!

Ed foi até a mãe e a beijou. Estava começando a perceber que há coisas que só o futebol consegue. O príncipe consorte manifestou-se:

— Lorde Chamberlain, antes de mais nada, traga o uísque. Inglês.

Seria a primeira vez, fiquei sabendo depois, que pai e filho beberiam juntos. E, talvez, a última. Francis Albert August Charles Emmanuel, o príncipe consorte, morreria no ano seguinte, em dezembro de 1861, deixando a rainha Victoria viúva por quarenta anos.

A rainha:

— Acho que a cada gol (é assim que se chama, não é? Gol?) os jogadores e a plateia podiam gritar victoria!, victoria!, victoria! O que acham?

— Mamãe, a senhora é mesmo o máximo!

Ninguém ouviu, só eu, que estava ao lado. A rainha abraçava o filho. O príncipe Albert balbuciou em latim:

— *Et hoc est insanus mulier pariter peribitis...*[106]

---
106. Essa mulher é louca varrida.

45. Cartas e últimos acertos para o 1º de abril

Durante o final de fevereiro e grande parte de março, eu e o professor Mr. Leopold Bloom trocamos várias cartas e alguns telegramas para ajeitar o encontro em Cambridge. Oxford aceitou todos os pedidos da rainha Victoria. Houve uma certa — mas pequena — discussão sobre o juiz ser da cidade, ex-aluno e ex-professor —, mas, no final, ficou mesmo acertado Mr. Fielding. Já avisado sobre a força dos cutucões no estômago de Mr. Silver, o assoviador.

O que eu achei mais incrível é que Mr. Bloom tinha algumas ideias muito parecidas com as minhas. Imagine você que ele havia pensado até na penalidade máxima.

Ele teve a ótima ideia de pedir para a rainha mandar fazer uma taça do *Queen's Game*. Ficaria um ano na posse do ganhador, até outro escrete ganhar. Quem conseguisse ganhar pela terceira vez, ficava com o troféu em definitivo. E a outra equipe ficava encarregada da confecção do galardão.

Outro acerto: dois tempos de 45 minutos e cinco substituições.

Numa das cartas perguntei a Leopold Bloom como ele havia se inteirado daquelas regras, dimensão de campo etc.

E ele me escreveu:

Prezado Mr. Watson.

Saudações oxfordianas!

Em resposta à sua pergunta sobre o meu conhecimento e curiosidade sobre o esporte que surgiu mesmo aí em Cambridge, na universidade, temos vários jovens aqui da cidade que estudam aí, como deve ser do seu conhecimento. Estiveram por aqui no Natal e Ano-Novo, visitando parentes e amigos. E trouxeram a novidade. Em menos de um mês, já temos três campos e cinco equipes, nas diferentes faculdades.

Seu, Leopold Bloom

Em tempo: jogaremos com camisa listrada de vermelho e preto e calças brancas. E vocês? Não vemos a hora.

Respondi:

Saudações cambridgianas!

Fique tranquilo, senhor.

Até dia 29 de março, sexta-feira. Vamos recebê-los na estação ferroviária.

Respondendo à sua última carta, jogaremos de camisas amarelas e calças vermelhas, que são as cores da universidade.

Forte abraço, meu já amigo.

John H. Watson

46. No camarote de Charles Laughton

Foi a reunião final para acertarmos o jogo de 1º de abril. Presentes: lorde Laughton, Mr. Fielding, Maxwell, Ed e eu. E o entra e sai de Miss Dietrich.

Quando entramos todos, já estava presente lorde Laughton e seu indefectível cachimbo, segundo ele mesmo, mas que não era tão indefectível assim. Estava sempre apagando. Ele estava no janelão que dava para o campo.

— Vamos sentando, vamos sentando. Mr. Watson, ainda que mal lhe pergunte. O que são aqueles postes, aqueles mastros que Mr. Traving está colocando nos quatro cantos do campo, de onde se chuta o tiro de canto, ou escanteio,[107] como vocês andam falando? O que é aquilo?

---

107. *Corner kick.*

— Ah, sim! Foi uma ideia que resolve dois problemas. Dois!

— Que são?

— Fica como um marco divisor entre a linha de fundo e a lateral. E o segundo motivo é que vamos hastear quatro bandeiras no dia do jogo, enquanto a Orquestra Sinfônica da Faculdade de Música e Canto Orfeônico toca o Hino Nacional no centro do gramado. O hino foi ideia aqui do nosso príncipe.

— Mamãe adora o nosso hino. *Deus salve a rainha...*

— Foi uma boa ideia. Mas os mastros vão ficar ali fixos, Mr. Watson? Um em cada corner? Daquela altura e daquela grossura? O senhor não vê perigo de um jogador chutar a madeira e não a bola? Quebrar uma perna?

— Acho muito difícil. A bola vai ficar a uns 15 centímetros do mastro.

— Porque eu estou vendo aqui, é um senhor mastro! E que bandeiras serão essas? E quem vai hastear?

— No caso, pensamos na bandeira do Reino Unido, da Inglaterra, da Universidade de Cambridge e da Universidade de Oxford.

Bateu na mesa:

— Nem morta, como diz a professora Sarah Emily Davies! Nem morta! Hastear a bandeira do nosso maior adversário em nosso solo?

Silêncio entre todos. Quem falou foi o mais velho da sala, Mr. Fielding:

— Milorde, se me permite. — Ele assentiu com a cabeça e esticou a mão como a dizer: com a palavra. — Se eu bem entendi a coisa toda, era um desejo da rainha, a criação de um esporte que unisse todos. Inclusive, daí o nome do nosso escrete: Cambridge United! Aliás, de minha lavra.

— Me perdoe, meu querido juiz, mas a nossa rainha está se lixando para Oxford, com o perdão do seu primogênito aqui presente.

— Não sou.

— Não é o quê?

— Primogênito. Eu nasci em 1841. Em 1840 havia nascido minha irmã também Victoria, hoje casada com um alemão de 2 metros de altura, o imperador alemão Frederico III.

— Ah, sei. Mas é o primeiro varão! — destacou Mr. Fielding.

Me deu vontade de rir com o "varão" do Terceiro. Não ri, e Ed me olhou no ato para evitar o mínimo comentário. Ele apenas disse:

— Sim, senhor juiz!

Eu tomei a palavra.

— Como fica então a quarta bandeira? O senhor vai me desculpar, mas eu me antecipei e perguntei o que o Mr. Leopold Bloom achava. Não apenas gostou, mas se dispôs a trazer a bandeira da Universidade de Oxford. Me desculpe, senhor reitor. Como disse, me antecipei.

— Então fodeu, né? Perdão. Danou-se tudo.

Na verdade, não precisava nem ter pedido desculpa, porque todos rimos muito. Inclusive ele, que justificou:

— Escapou-se-me — mesocliseou o senhor reitor.

— Por outro lado — falei —, eles hastearão a nossa bandeira quando formos jogar lá. Pelo menos foi o que me disse. E pareceu-me um homem de palavra, Mr. Leopold Bloom.

— Tudo bem, tudo bem. E quem vai hastear as bandeiras?

— Sugiro que a rainha hasteie a do Reino Unido, o príncipe aqui do meu lado, a da Inglaterra, o senhor, a da nossa universidade, e provavelmente Mr. Bloom, a da Universidade de Oxford. Ou o reitor de lá, se vier.

— Mamãe recebeu um telegrama dele hoje pela manhã. Não virá.

— Então está resolvido. Mr. Bloom hasteia.

Ed concluiu:

— Acho que ele não está a fim de encontrar papai, mamãe e eu...

Ninguém falou nada.

— Posso usar da palavra? — indagou o Terceiro.

— Sempre, senhor juiz, sempre.

— Usando as ideias iniciais da rainha, pensei nas crianças de hoje que serão talvez os futuros jogadores de futebol. Que tal cada jogador entrar segurando uma criancinha pela mão? Ou mesmo no colo, talvez, ou numa cadeira de rodas. E um negrinho também.

Fiz que ignorei o assunto e mudei a conversa:

— Pensei também em fazer um minuto de silêncio antes do pontapé inicial, que eu sugiro seja dado pela rainha.

— Um minuto de silêncio por quê?

— Um minuto de silêncio em homenagem ao Finnegans Wake.

— *No fucking way!* Repito: *No fucking way!*

O segundo "*No fucking way*" foi já com Miss Dietrich dentro da sala com a bandeja de chá.

Clima de enterro no ambiente. Ela não apresentou nenhum sinal de vergonha.

— Chá da Índia, senhores! Em homenagem à sua senhora, senhor juiz Mr. Fielding.

— Muito atencioso de sua parte. Ela saberá disso.

Sorriu, o corno, como todos os cornos gostam de sorrir. Eles parecem estar sempre felizes. Não sei onde li isso. Felizes, relaxados, como se estivessem com o dever cumprido.

Ela saiu dizendo um "com licença" baixinho e mole como uma luva de pelúcia, como alguém caminhando por sobre um monte de cascas de ovo.[108]

Silêncio na sala. Todos olhando para o reitor. O "*No fucking way*" ainda estava no ar, misturando-se com a fumaça do seu acadêmico cachimbo:

— O senhor me perdoe, senhor juiz, mas acho que entrar de mãos dadas com garotinhos... não sei, não consigo entender nenhuma vantagem para o futebol nem para os bebês de colo, provavelmente com o jogador dando mamadeira para ele. Desculpe se estou sendo rude, mas é que a ideia de Mr. Watson me enlouqueceu um pouco.

— Retiro as criancinhas, não há o menor problema.

---

108. Raymond Chandler, sempre.

— Muito obrigado. E, cá entre nós, antes do jogo, ficar preocupado em cuidar de 22 criancinhas... pensa bem.

— Retiro também o minuto de silêncio.

— Porque esse negócio de minuto de silêncio, meu caro John, pode pegar e virar mania. Todo jogo vai ter um minuto de silêncio por causa da morte de um conselheiro da universidade, da esposa do conselheiro da universidade. Você sabe que toda universidade tem uns duzentos velhinhos conselheiros. Toda semana morre um. Onde vamos parar? Não vamos abrir exceção. E nem sabemos se o Finnegans Wake morreu ou não. E outra coisa. O Hino Nacional. Vai tocar desta vez porque é um evento com a rainha e tudo. É uma festa. Nada de tocar o Hino Nacional em todo jogo. Portanto, proibido o hino. O jogador entra em campo aquecido, pra jogar! E mais: eles nem sabem de cor. Mais algum assunto?

— A comitiva deles é de vinte pessoas.

— Isso eu já falei com Miss Dietrich. Vão todos ficar no alojamento dos professores-convidados. Torneirinha com água quente, sabonete francês. Toalha felpuda e tudo. E os vestiários, ficaram prontos?

— Tudo certo. Atrás da Faculdade de Química.

— Mais algum assunto?

Mr. Maxwell, o físico da rosca soberba, que não abrira a boca até então, levantou o dedinho humildemente. O reitor apontou a mão espalmada para ele, autorizando que se manifestasse, e baforou a fumaça.

— Eu só queria dizer uma palavrinha a todos vocês, pois fui o último a entrar no grupo.

— E foi muito bem-vindo — ponderou o reitor.

— Obrigado. Eu queria apenas agradecer por estar participando desta reunião que considero histórica. E tenham certeza, Oxford não vai ganhar de Cambridge *no fucking way!*

Foi ovacionado o Mr. Rosca, como passaria a ser chamado muito em breve.

O senhor juiz levantou a mão.

— Não vai ter discurso? Antes do jogo?

Todos se olharam, ninguém tinha pensado naquilo. Vai ter jornalistas e tudo mais. — Cada um olhava para o outro. — Jornais locais e até de Londres! *The Sunday Times*, ouvi dizer. O *Cambridge Chronicle*.

E estava certo o Terceiro. Afinal, e a gente estava se esquecendo disso, tratava-se do surgimento de um novo esporte. Se ia vingar ou não, era outra história. Tinha realmente que ter o registro. E registrei:

— Acho que tem que ter discurso, senhor reitor.
Albert Edward logo se antecipou.

— A rainha Victoria detesta discursos. Começa a gaguejar, tem medo de vaia, um horror! O negócio do gaguejo é uma coisa familiar. Uma rainha não pode gaguejar, vamos e venhamos. Não a convidem, por favor. Vai que ela aceita... Não me façam passar vergonha.

Todos olhando para o reitor, lorde Laughton. Ele se levantou, foi até a janela, olhou para o nosso campo, respirou fundo e, claro, engasgou. Tomou dois goles de chá. Olhou para nós, com um ar seriíssimo.

— Já ouviram falar em entrevista coletiva?

O juiz, o mais velho, ponderou:

— Será? Podemos fazer uma antes do jogo ou depois da contenda. Numa sala, fora do campo. Aliás, como está a previsão do tempo para domingo à tarde?

— *Blue sky the colour of the sea*[109] — disse alguém.

Reitor:

— Discurso? A três dias do jogo? Assim, em cima da hora? Realmente alguém vai ter que registrar. Nada que ultrapasse os cinco minutos, sugiro.

---

109. Céu azul da cor do mar.

— Sim, mas quem? Quem? — perguntou o juiz, que gostava mesmo de falar. Acho que ele estava querendo a honra.

E, do nada, eu tive uma ideia. Feminista, para a época e ainda hoje:

— Miss Sarah Emily Davies.

O reitor se engasgou com o cachimbo e começou a tossir violentamente, causando, inclusive, a entrada de Miss Dietrich, já com uma bombinha na mão. Para borrifar a garganta do senhor reitor. Ele foi se acalmando, foi até a janela, olhou de novo para fora.

E eu falei:

— Miss Davies, a nova contratada da universidade.

Todos disseram sim, claro. O reitor:

— Sua ideia é sensacional. E aproveitamos para falar da *secondary school*, que vai começar, por coincidência logo em março, já com alunos e ALUNAS matriculados. Quantos são?

Respondi:

— Trinta e oito, sendo dezoito filhos de escravizados.

— Ótimo. O senhor se encarrega disso, Mr. Watson? De Miss Davies. Eu a apresento na tribuna de honra e ela discursa em nome da universidade.

— Adorei — salpicou Miss Dietrich, saindo com seu borrifador e a toalha. — Simplesmente genial, se me permitem.

Ela saiu, toda feliz.

Zum-zum-zum a favor de Miss Davies.

— Acho que não falta nada para resolver. Alguma pergunta?

47. A chegada dos oxfordianos

Na sexta-feira, dois dias antes do jogo, treinamos pela manhã, pois Mr. Bloom nos perguntou se poderia fazer um treino ligeiro para reconhecimento do campo no sábado, pela tarde. Claro que cederíamos. Eles apenas andariam pelo gramado para aclimatação, para usar uma palavra dele. Corridas, exercícios físicos.

E depois do almoço, ainda na sexta, mais para o entardecer, fomos receber a comitiva na estação de trem.

Pequeno Príncipe, Rosca, Terceiro e eu, que deveria ter um algum apelido, mas não sabia.

Estavam cansados. Haviam feito uma baldeação em Londres, pela manhã. Cansados e com fome. Um deles se aproximou de nós:

— São da universidade?

— Sim, muito prazer. Meu nome é John Watson, e estes são Mr. Albert Edward, o senhor juiz, Mr. Fielding e o professor doutor Mr. Maxwell.

Todos se cumprimentaram.

— Meu nome é Anderson Clayton, e nosso reitor mandou suas saudações.

— Agradecemos. Uma pena não poder vir.

— Quem sabe na próxima vez — e olhando para Ed: — Você não é o Ed? Me lembro de você em Oxford.

Ed apenas balançou a cabeça.

— Mr. Bloom ainda não desembarcou? — perguntei.

— Não. Eu ia chegar lá. Ele ficou em Londres para visitar um amigo doente, mas vem amanhã no primeiro trem. Deve chegar exatamente neste horário, para o treino. Mandou pedir mil desculpas ao senhor e ao senhor reitor. *Well*, Mr. Watson, estamos com frio, fome e sono.

— Agora está fazendo cinco graus. Domingo, na hora do jogo, deverá estar fazendo entre oito e nove. Sem chuva. E a neve não aparece há quase um mês. Junte todo mundo e vamos para o restaurante da universidade.

E assim foi feito.

*

No dia seguinte, sábado, lá estava eu na estação esperando Mr. Bloom. Tinha muita gente, e eu já estava começando a achar que o tinha perdido, quando ouvi uma voz atrás de mim.

— Mr. Watson!

Não sei se consigo colocar no papel o que senti naquele momento ao me virar e ver Finnegans, que sorriu e me estendeu a mão:

— Muito prazer, sou Leopold Bloom.

Não existia nenhum Leopold Bloom. Quem estava tentando segurar a minha mão era — pasmem! — Finnegans Wake.

Eu não sabia dizer "que bom que não morreu" ou "podia ter escrito" ou "por que essa história de Mr. Bloom", ou ainda "qual seu plano, se vingar da universidade de Cambridge?".

E ele sorria para mim. Só pude dizer:

— O senhor vai dormir na nossa faculdade ou quer que o deixe num hotel? Como prefere?

Não aliviei nada!

— Prefiro ficar na cidade.

Sem sorrir:

— Me acompanhe, por favor.

— Posso explicar?

— Não deve nenhuma explicação para mim. Talvez para o senhor reitor.

— Precisamos conversar.

— Vamos nos encontrar no jogo. Podem treinar hoje, agora de tarde, conforme o combinado. Do senhor, Mr. Bloom, só quero que me indique um aluno de Oxford para hastear a bandeira amanhã.

— Sim, vejo isso. E estou pensando agora em ir direto para a faculdade para ver meus garotos e conhecer o campo. Depois arrumo uma condução para o hotel, que já reservei por telegrama.

No carro:

— Fui banido da Irlanda, quando me recuperei totalmente da doença. Tinha uns amigos em Oxford.

— Mr. Bloom, é mais informação do que eu preciso. Amanhã conversamos com a bola nos pés. — Para o cocheiro: — Ulisses, vou descer aqui. Leve o senhor Bloom até o campo de futebol. — Desci, comecei a andar, mas ainda ouvi Ulisses dizer:

— Fez boa viagem, Mr. Wake?

E Finnegans colocou a cabeça para fora:

— Achou um papel onde desenhei o campo? — e gritou mais alto. — Amanhã vou me vingar de vocês!

Fiz que não ouvi. Assim que ele chegasse ao campo, ficaria sabendo que não só vi o papel, como copiei as instruções.

Precisava falar urgentemente com Charles Laughton e depois com a minha equipe: Little King e Rosca Maxwell.

Tinha que passar no hotel de Sarah, antes. Discutir o discurso e desenvolver um pouco de sexo, como diria o reizinho. E também tomar alguma coisa destilada por conta da pancada do Finnegans.

48. Com Sarah, naquela noite

Era impressionante a atração que nós dois tínhamos. Fazíamos sexo como se fosse a primeira vez. Ou a última. Um adivinhava a proposta que nem havia sido feita. Sabíamos que havia dois assuntos sérios para conversar. Não dávamos trégua um ao outro. Ou então aquilo tudo era normal e eu ficava fascinado porque nunca havia feito, transitado por ali. Ufa!

E, de repente, ela se desenroscou de mim, abriu uma gaveta e tirou uma folha manuscrita. Me deu. Li de imediato. É incrível como aquela mulher havia entrado nas entranhas do futebol em apenas três ou quatro meses. O discurso poderia ter sido escrito por mim. Não, não poderia, relendo descobri. Havia ali um carinho com todos nós que estávamos envolvidos naquele projeto... Havia ali uma verdade que perduraria por anos, décadas. Talvez séculos. Que boa ideia eu tive em sugerir seu nome. Melhor, impossível. Ou, *no fucking way*, como dizia o senhor reitor. Olhando-a nua ao meu lado, achei melhor *just fucking*. Foi assim, sem nenhuma palavra, que disse tudo que achava e o tanto que a amava.

Ela percebeu que, quanto ao discurso, não tínhamos mais nada a dizer ou fazer. E mudou o assunto.

— Sabe o que eu acho do Finnegans Wake? Ele é completamente louco, débil mental, troglodita, pedófilo, avariado, demente, desatinado, insano, irresponsável, opsomaníaco, pilourado, inconveniente, estroina, imprudente e temerário. E não se fala mais nele. Vamos namorar.

— Sim, mas antes me diz de onde você tirou opsomaníaco e pilourado.

— O opsomaníaco é louco por guloseimas, uma criança, nunca cresceu. E pilourado é maluco mesmo, lá na minha região. Vem!

Fui!

49. Das novas estratégias

No domingo, pela manhã, 9h30, fizemos uma "reunião secreta" com todos os meus jogadores, mais Ed, Maxwell e eu. Assunto: Mr. Leopold Bloom, aliás, Mr. Finnegans Wake, que tinha cara de quem roubava guloseimas[110] da mãe na infância.

— Em resumo, meus queridos, o professor/técnico dos nossos adversários sabe que o gramado foi copiado do papel que ele deixou, e a maioria aqui até me ajudou a decifrar aquilo tudo. Mas o mais importante, ele sabe que usamos o sistema dele, o 1-2-3-5. Ou WM. Então, acredito que venha com um outro esquema, seja lá qual for, para nos pegar desprevenidos. É sobre isso que temos que conversar hoje, agora, cinco horas antes do jogo. Depois vamos

---

110. Desculpe usar o termo, Ziraldo.

almoçar e ficaremos no alojamento da Educação Física descansando. Tenho alguma coisa na cabeça, mas ainda nada definitivo. Gostaria que todos que quisessem falar, por favor. Não quero ninguém com medo de falar bobagem. Aqui na lousa está desenhado o esquema 1-2-3-5. As posições de cada um.

— Acho que a gente podia se defender com dez e atacar com dez — sugeriu um aluno.

— A ideia não é ruim, mas teríamos que treinar muito. Não temos tempo. Tem que ser algo que a gente resolva aqui na lousa e coloque para funcionar no campo.

— Um-cinco-cinco. Muito perigoso, né?

— Muito. Professor Maxwell?

O professor foi até a lousa, desenhou outro campo e fez dois círculos dentro da área, dois no meio-campo e dois no ataque.

— Temos aqui seis jogadores fixos. Mais ou menos fixos, nada de levar muito a sério e ficar parado. Mas a área de atuação é por ali. Tudo bem até aqui?

Todos balançaram a cabeça.

— Estou usando um princípio de Newton, que um dia se sentou aí nessas cadeiras e agora vem me ajudar. O princípio da ação e reação.

— A toda ação corresponde uma ação que lhe é igual e contrária — disse um dos alunos/jogadores.

— Exato. Agora vou colocar os quatro que não são fixos. São flutuantes, diria o Isaac.

E colocou dois no meio-campo, mais perto das laterais. E dois perto do *nuestro* gol também perto das laterais. O que temos agora? O esquema armado para a defesa: 4-4-2. Correto? Agora vou passar os dois laterais da defesa para o meio-campo nas laterais. E os dois que estavam nas laterais do meio-campo vão para o ataque.

Mudou o desenho.

— Eis a reação, igual e contrária. No ataque usamos então o 2-4-4. O que acham? Esse esquema se chama IN. Repetindo, atacamos com 2-4-4, defendemos com 4-4-2. Isaac Newton. IN!

A primeira pessoa a bater palmas foi a Grassy Silver, logo acompanhada por todos.

— O senhor é um gênio, professor — disse Little King. — IN é ótimo! Deus salve Isaac Newton.

— Eu, não. Isaac Newton. Sinto a tua presença aqui na sala. Sem bruxarias!

E:

— Magnífico. 4-4-2, 2-4-4. Provavelmente vamos levar um pouco de tempo para assimilar o esquema. Se eles fizerem um gol primeiro, não se desesperem. Vamos nos entrosando.

Maxwell estava animado.

— Sugiro ainda, Mr. Watson, escolhermos no primeiro tempo apenas alunos de Educação Física e de Física. Podemos montar o esquema agora. E deixar para o segundo tempo nossos Silver e nossos Ackroyd, como elemento-surpresa. Acho que poderíamos escalar o time só nós três, Ed e John. Dispensamos os jogadores.

Ainda Maxwell concordando com ele mesmo:

— Concordo, mas antes, só uma coisa, antes de eles saírem. Aquele nosso jogo-treino, que terminou oito a oito, mostrou que nós dois no gol somos um fracasso. Gostaria que o garoto Oak Silver, que joga no gol muito antes de a gente inventar tudo isso, tem mais experiência e parece um gato debaixo das traves, fosse escalado.

— Acho que todos concordamos com *cat* Pine no gol — referendou o filho da rainha. — Para falar a verdade, eu estava mesmo preocupado com vocês dois pegando no gol.

— Acho que era geral! — brincou um aluno e foram todos saindo.

— Almoço e cama!

Ed se levantou:

— Pessoal, pessoal, recebi um telegrama da rainha, confirmando que mandou fazer a taça. Enorme, segundo ela. Bom almoço e bom descanso!

Aplausos, aplausos e aplausos.

O clima estava excelente.

Que durasse até mais tarde.

*

Faltava contar para Charles Laughton que Leopold Bloom era, na verdade, o vingativo Finnegans Wake. A primeira coisa que ele disse:

— Ele não vai hastear a bandeira, *no fucking way!*

E ficou pensativo.

— Mr. Watson, ele é louco. Além de pedófilo! Qual é a intenção do idiota? Vingar-se de Cambridge? De mim? Pois ele não pensou nas consequências. Vou ser obrigado a mandar uma longa carta para o reitor de Oxford dando o longo currículo dele. Ele acaba de dar um tiro nos próprios pés. Será que achou que nós íamos achar graça nessa infantilidade dele? Estou pasmo! O senhor já teve tempo para pensar mais detalhadamente?

— Foi o encontro mais estranho de toda a minha vida. Nós dois na estação ferroviária. E ele sorriu, quis pegar na minha mão... Acho que é caso de internação.

— Para lhe dizer a verdade, nunca entendi Finnegans Wake!

— Cá entre nós, nem eu! Eu sempre achei meio esquisito o jeito dele falar, mas achava que era o fato de ser irlandês.

— Espero não cruzar com ele no campo.

— Já pensei nisso e vou fazer o possível para que não aconteça.

— Coisa de louco! Parece aqueles personagens irlandeses.

E, realmente, não aconteceu. Quando dois corpos não querem se encontrar, a reação é igual e contrária. Está certa a frase?

50. "Abrem-se as cortinas e começa o espetáculo"[111]

Quem falou "céu azul da cor do mar" outro dia acertou em cheio. Um dia lindíssimo em Cambridge. Digno de uma rainha. Lá estava ela ao lado de uma taça quase do seu tamanho. Do seu lado direito, o mui honorável primeiro-ministro Henry John Temple, do lado esquerdo, lorde Laughton, que ouvia a rainha sussurrar no seu ouvido:

— Não se esqueça de que estamos enfrentando uma faculdade conservadora, e o nosso novo primeiro-ministro aqui do outro lado também é liberal. Faça-me o favor! E o senhor está tremendo, lorde Laughton.

— Eu não estou tremendo, eu não estou tremendo.

---
111. Famosa frase do radialista Fiori Gigliotti!

— Está, sim.

Ele colocou as duas mãos nos bolsos da casaca depois de acertar a cartola que escorregava por causa do suor, apesar de estar fazendo frio.

Os dois times estavam perfilados em campo, virados para a tribuna de honra. Entre eles a Orquestra Sinfônica da Faculdade de Música e Canto Orfeônico. Os jogadores e treinadores já haviam se cumprimentado. Inclusive os dois técnicos. E já fazia uns dois minutos que não acontecia nada. Dentro de campo, eu olhava para o reitor, mas ele olhava encantado para a plateia. A bola estava com ele. Não a de capotão, mas a hora de agir.

Lorde Laughton fez um sinal para Sarah, que estava mais atrás com Miss Dietrich, juntando uns dedos e mexendo as mãos para a frente e para trás, como os italianos, como a perguntar:

Ma cosa succede?

Sarah foi até ele:

— Estão todos esperando o senhor e a rainha descerem para hastear as bandeiras...

— Ah, por favor, acompanhe a rainha até a bandeira do Reino Unido.

Colocou a mão para a rainha levantar e desceram os degraus de madeira, coberto com um manto de veludo bordô.

Fomos cada um para o respectivo corner, eu para o meu, e um jogador oxfordiano, para o dele. O maestro esperou todos estarem a postos e começou a tocar, enquanto as bandeiras do Reino Unido, da Inglaterra, a tricolor — branca, vermelha e amarela — da Universidade de Cambridge e a de Oxford subiam. O público todo em pé ouvindo e cantando com o coral. Os jogadores não sabiam de cor:

Deus salve nossa bondosa rainha,
Longa vida à nossa nobre rainha,
Deus salve a rainha;
Que a faça vitoriosa,
Feliz e gloriosa,
Que tenha um longo reinado sobre nós
Deus salve a rainha.
Ó Senhor, nosso Deus, venha
Dispersar seus inimigos
E fazê-los cair.
Confunda sua política,
Frustre seus truques fraudulentos
Em ti depositamos nossa esperança
Deus salve a todos nós.
Os melhores presentes;
Que seja agradável lhe dar

Que seu reinado seja longo;
Que ela defenda nossas leis,
E sempre nos dê motivo
De cantar com o coração e a voz
"Deus salve a rainha."

Lá embaixo havia um elevadinho de madeira para a cerimônia de abertura. Subiram a rainha e o reitor.

O reitor pediu silêncio com as mãos.

— Estou aqui, neste momento, muito emocionado com a presença da rainha e seu primeiro-ministro em nossa universidade, para o primeiro jogo intercidades do esporte chamado futebol, na Inglaterra e no mundo. Futebol que surgiu aqui mesmo, neste campo. A seu pedido, senhora rainha. Quero apenas registrar, Excelência, o nome dos professores que desenvolveram o projeto integralmente: Mr. John Watson, o príncipe Albert Edward e o professor de Física, Mr. James Maxwell. Uma salva de palmas.

O campo todo aplaudiu, nas arquibancadas e nos alambrados. A rainha e o primeiro-ministro não foram vaiados pelos conservadores. Só um pouco, pela pequena torcida que veio de Oxford.

Deu uma tossidinha.

— Escolhemos uma pessoa a dedo para falar em nome de todos nós, Excelência. Uma professora recém-contratada pela universidade, que criou a primeira *secondary school* em universidades do Reino Unido. Para meninos e meninas! — aplausos, inclusive da rainha e do seu ministro, diga-se de passagem. Os rapazes aplaudiram muito a palavra "meninas". — As aulas começam em duas semanas, jovens. Senhoras e senhores, Miss Sarah Emily Davies.

Ele e a rainha saíram do palquinho e cruzaram na escada com Sarah, a descer. A rainha dobrou a cabeça de lado e deu um sorriso para Sarah. Sarah me contou depois que na hora quase fez xixi. E Sarah faz dessas coisas. Uma vez, na ópera, numa ária, se emocionou tanto, que fez. Sigamos.

Notei que ela não levou a página. Será que decorou? Assim que ela abriu a boca percebi que tinha decorado, e agora praticamente interpretava seu texto. Devia ter mais de 2 mil pessoas por ali, a grande maioria em pé. Ela começou.

— Majestade, senhor primeiro-ministro, senhor reitor, senhores técnicos, senhor juiz, senhores jogadores de Cambridge e Oxford. Fiz o possível e o impossível para não começar dizendo — e ficou séria — "senhoras e senhores, estamos vivendo um momento único".

E relaxou. Sentiu que o público também relaxou. Não vinha discurso de político.

Sorriu.

— Acabei falando. É um momento único. Eu, particularmente, estou vivendo um duplo momento único. Vamos ver hoje um jogo de futebol numa universidade que é a primeira talvez no mundo a aceitar *alunas*. E, dentro de pouco tempo, teremos, Vossa Excelência e senhor primeiro-ministro, senhoras e senhores, teremos uma faculdade de mulheres.

"Acho que os anos 1860 vão ser uma década que nunca vai acabar. Estamos começando e já temos futebol e meninas estudando aqui. Gosto de olhar para a frente, como Mr. Watson, o senhor reitor, o nosso reizinho Ed e Mr. Maxwell.

"Tenho certeza de que o futebol, independentemente do resultado de hoje, já tem seu grande destino traçado. Vejam a quantidade de pessoas aqui. A maioria, em pé. E talvez, um dia, vejamos mulheres jogando futebol.

"*É preciso unir a ciência e a arte. E o futebol é isso. Ciência e arte. Não há ciência sem imaginação nem arte sem técnica. A experiência humana não é apenas científica nem apenas existencial. Tentar compreender o acaso também é ciência. Acaso não é sorte. São fatos comuns, frequentes, que acontecerão no futebol, não sabemos onde e quando. No futebol, muitas vezes, o jogo poderá ser decidido no erro de um árbitro, numa bola que bate num jogador e sobra para um adversário livre e de várias outras maneiras: as ações imprevisíveis.*[112]

"Isso é o futebol. Uma arte, uma técnica imprevisível. Elementar, meu caro Watson! Senhoras e senhores, um bom divertimento a todos. Um bom jogo de futebol."

Muitos, muitos aplausos.

E vamos trabalhar.

Mr. Silver já estava ajudando o juiz Fielding a subir sua escada. Assim que ele se sentou:

— O senhor me desculpe as cotoveladas de outro dia. Hoje vou dar uns cutucõezinhos com o pé.

Mr. Silver ficou a imaginar os chutes que levaria.

---

112. Tostão, no livro *Física do futebol: mecânica*, de Marcos Duarte e Emico Okuno.

— Melhor, não. Trouxe um sininho. O senhor toca e eu assovio.

— Acha melhor?

— Sim, mais simples, Excelência. Experimenta.

Ele tocou o sininho no ouvido de Mr. Silver, que quase caiu lá de cima. Os jogadores olharam para eles. Os assistentes olharam para eles.

— Pode ser mais baixinho e não precisa ser diretamente na orelha. Pode ser no colo do senhor que eu escuto.

— Vamos testar — e o juiz bateu bem baixinho.

E ele automaticamente assoviou e todo mundo olhou de novo para eles. Eles não perceberam nada. Por enquanto eram o sucesso do primeiro *Queen's Game*, depois do discurso de Sarah.

Por educação dos jogadores de Cambridge, Oxford começaria a partida. Lá de baixo, à beira do gramado, ao lado de Ed e Maxwell, fiz sinal para ele começar.

Assovio.

E começou o espetáculo.

51. O jogo

A última frase que disse para os meus jogadores foi:
— Treino é treino e jogo é jogo![113]
Antes, expliquei que nós, os treinadores, não iríamos ficar na beira do gramado, gritando, pedindo para eles fazerem isso ou aquilo. Achávamos que aquilo só iria irritar e desconcentrar os jogadores. E eles concordaram.

Os Ackroyd e os Silver eu estava reservando para a segunda etapa.

O apito de Mr. Silver.

Os visitantes começaram e foram logo para o ataque. Dois do nosso meio-campo recuaram para a defesa e aconteceu um escanteio. O 11 deles chutou

---

113. Waldir Pereira, mais conhecido como Didi, foi um futebolista brasileiro que atuava como meia. Defendeu a seleção brasileira em três Copas do Mundo (1954, 1958 e 1962), sendo campeão nas duas últimas. Além de tudo isso, é o autor desta frase de sabedoria metafísica.

para a área e o nosso *goal-keeper*, Oak Silver, subiu mais alto do que todos, pegando a bola lá em cima. Primeiros aplausos.

Oxford jogava um pouco duro, enquanto os nossos procuravam seguir a fórmula IN. Na defesa usavam o 4-4-2, e no ataque, o 2-4-4. Já os jogadores de Finnegans (ou Leopold Bloom) usavam nitidamente o 1-2-3-5, mas eram muito desordenados. Os goleiros foram a grande salvação para os dois times. Oak fez coisas incríveis.

Faltavam poucos minutos para terminar a primeira etapa quando o 7 deles foi correndo até a linha de fundo e o Oak ficou na dúvida se ele ia mandar para o centro-avançado ou atirar ao gol. Atirou ao gol. Oak pulou, ia defender, mas trombou com o nosso zagueiro que também corria em direção à pelota. E nenhum chegou.

A bola entrou mansamente. Nunca vi um silêncio daqueles na nossa universidade. Nós três aplaudimos para dar confiança ao nosso time. Logo ouvimos o assovio de Mr. Silver.

Primeiro tempo. Um a zero para Oxford.

Cada técnico levou sua equipe para um canto do campo. Fui com os titulares e os reservas. Levei para aquele lado que tinha a banheira, lembram?

Eles ficaram sentados em círculo. As mães, Mrs. Rosamund Ackroyd e Mrs. Silver, a senhora Veluma, levavam água num pequeno tonel para eles beberem com uma concha de pau.

Maxwell orientou para o uso da rosca nas faltas e do toque de três dedos para os passos de longa distância.

Ed disse apenas:

— Somos melhores do que eles! É só manter a calma.

No segundo tempo iam entrar dois Ackroyd e mais dois Silver.

Quando Finnegans viu aquela troca, foi tomar satisfação comigo, com certa educação.

— Que história é essa? Esses garotos negros e a menina? O jogo é contra a Universidade de Cambridge.

Mostrei duas folhas de papel para ele. Leu. Uma era a ata da criação da *secondary school*, pertencente à universidade. E a outra era a relação dos alunos matriculados. Eu apontava na folha o nome e indicava no campo as quatro novidades. Pine, Grassy Silver, Geoffrey e Matthew Ackroyd.

— Isso não foi combinado.

— Também não foi descombinado. São todos alunos da Universidade de Cambridge, senhor Leopold Wake!

— Não era isso que eu esperava encontrar aqui.

— Encontrar por encontrar, ninguém esperava encontrar o senhor. Só não cancelamos o jogo em deferência à senhora rainha, ao primeiro-ministro e a este público enorme. Vamos jogar, senhor.

Dei uma cuspida de lado, como faziam os jogadores não sei por quê, virei as costas e pedi para os meus jogadores se posicionarem. Finnegans foi confabular com seus pupilos. O público começou a vaiar. Eu fiz sinal para eles pararem, mas não adiantou.

Finalmente Mr. Finnegans Bloom liberou seus jogadores. E eu fiz um sinal para o juiz.

Mr. Silver assoviou.

Geoffrey passou a bola para Grassy, que avançou, deu um drible da vaca no número 5 deles, saiu de uma falta, ameaçou jogar para Pine, que vinha na velocidade, e viu o goleiro saindo em sua direção. Deu um chapéu no goleiro, matou no peito (e que peito!), deixou a bola de capotão quicar, deu outro drible da vaca em dois oxfordianos e entrou com bola e tudo.

Foi a primeira grande ovação que ouvi num campo de futebol. O estádio só não veio abaixo porque estávamos todos no chão. Dona Veluma chorava atrás de mim. Grassy corria pelo campo pulando e socando o ar, com o cabelo solto. Parecia um foguete.

Joguei um beijo, lá debaixo, para Sarah.

E vi que Sua Alteza aplaudia de pé.

Foi um gol de anjo, um verdadeiro gol de placa
Que a galera agradecida se encantava[114]

Meus amigos, em sete minutos fizemos cinco gols, marca que não sei se um dia será igualada num jogo de futebol.

Foi um verdadeiro show de bola.

Não vou entrar em detalhes.

Apenas o placar: sete a um!

O último gol, o terceiro de Geoffrey, foi assim cantado pelos cancioneiros de plantão:

E novamente ele chegou com inspiração
Com muito amor, com emoção, com explosão em gol
Sacudindo a torcida aos 33 minutos do segundo tempo
Depois de fazer uma jogada celestial em gol[115]

---
114. "Fio maravilha", de Jorge Ben.
115. Obrigado, poeta Jorge Ben.

Rosamund Ackroyd, doula, ex-escrava até dezessete anos atrás, mãe de onze meninos, chorava abraçada ao marido Roger Ackroyd, que sorria e, cá entre nós, na verdade, emprestou, sorrateiramente, os cavalos para as crianças roubarem os véus das noivas que abraçaram, naquele dia, três gols do seu filho mais velho Geoffrey, futuro jogador da seleção inglesa. E vários daqueles jogadores do Cambridge United foram amamentados com seu leite, pensou.

Enquanto a rainha Victoria me entregava o imenso troféu, nossos jogadores gritavam:

— Vitória! Vitória! Vitória! — infinitamente.

Quatro ou cinco quero-queros sobrevoaram o gramado e logo pousaram. E começaram a bicar a grama, aparentemente famintos.

Charles Laughton chorou pela terceira vez.

Os personagens

JOHN H. WATSON. Segundo os doylistas, um personagem de Arthur Conan Doyle que narrava as histórias de Sherlock Holmes. Segundo os holmistas, o verdadeiro escritor, autor dos livros. Conan Doyle seria apenas um médico que viveu naquela época. Embora eu seja doylista — e por isso mesmo —, resolvi usar também o médico e professor de Educação Física Watson para narrar meu livro. Em inglês, é claro. Elementar, minha cara leitora.

CHARLES LAUGHTON. Quando eu estava criando os personagens, especificamente o reitor, não saía da minha cabeça a pessoa física do grande ator inglês, um dos meus ídolos de infância e adolescência. Charles Laughton foi um ator, roteirista, diretor e produtor cinematográfico britânico, naturalizado cidadão norte-americano em 1950. Seu trabalho mais inesquecível foi o advogado de defesa do filme *Testemunha de acusação*.

MISS DIETRICH. A Marlene, a Lili Marlene, companheira de lorde Laughton no filme baseado em Agatha Christie. Não sei como uma alemã foi parar em Cambridge, mas foi! Marie Magdalene Dietrich, obrigado pela secretária maravilhosa.

FINNEGANS WAKE. É um dos grandes personagens do irlandês James Joyce, protagonista do livro *Finnegans Wake*. Eu queria usar autores e personagens também irlandeses porque a história do nosso livro acontece durante o período do Reino Unido da Grã-Bretanha e Irlanda. Não achem o meu Mr. Wake louco. O original era muito, muito mais. Mas aquela história do parque é verdadeira. Na cabeça do Joyce.

RAINHA VICTORIA. Trata-se da própria. E também é verdade que tem uma sala para fumar maconha em Buckingham.

SARAH EMILY DAVIES. Personagem real, fundadora da primeira faculdade para mulheres do mundo, na Universidade de Cambridge, em 1869. Escritora, feminista, sufragista.

FAMÍLIA ACKROYD. Minha modesta homenagem aos ex-escravizados ingleses e a todos os negros que jogaram e jogam futebol no mundo inteiro. Geoffrey Ackroyd, é claro, nunca existiu. Ou será que sim? Já seu pai, Roger Ackroyd, é real: protagonista talvez do melhor livro de Agatha (indicado a mim pelo Jô Soares): *O assassinato de Roger Ackroyd*.

FAMÍLIA SILVER. É a minha família, os Prata. Apenas um tributo que dedico a todos eles. Todos amam o futebol.

ALBERT EDWARD DE SAXE-COBURGO-GOTA. Eduardo VII foi rei da Grã-Bretanha, da Irlanda e dos domínios britânicos e imperador da Índia de 22 de janeiro de 1901 até sua morte em 1910, sendo o primeiro monarca britânico da Casa de Saxe-Coburgo-Gota. Nascido em 1841, tinha 18 anos quando foi para Cambridge. Realmente havia sido expulso de Oxford. E namorou a Sarah Bernhardt quando ainda era príncipe, o Little King.

CHARLES DARWIN. Trata-se do próprio. Estudou na Universidade de Cambridge e publicou *Sobre a origem das espécies* em 24 de novembro de 1859. Esteve três vezes no Brasil e realmente viu garotos negros escravizados chutando bolas de bexiga de boi nas praias de Recife, Salvador e Rio de Janeiro. Só não tenho como provar.

JOHN FIELDING III. Neto de John Fielding e sobrinho-neto de Henry Fielding, autor de *Tom Jones*. Realmente os dois irmãos foram advogados e criaram a primeira polícia de Londres, onde foram juízes.

JAMES CLERK MAXWELL. "Físico e matemático britânico formado pela Universidade de Cambridge em 1854 ou 1855. É mais conhecido por ter dado forma final à teoria moderna do eletromagnetismo, que une a eletricidade, o magnetismo e a óptica. Muito influenciado por Isaac Newton, que também estudou em Cambridge dois séculos antes" (Wikipédia). Em 1931, comemorando o centenário do nascimento de Maxwell e descrevendo seu trabalho, Albert Einstein disse: "o mais profundo e frutífero que a física descobriu desde Newton". No livro interpreta ele próprio, aos 28 anos.

OKANO-SAN. Professor de trigonometria muito tímido, terminou não aparecendo no livro, mas foi muito citado. Um personagem oculto, alguma coisa assim.

LEOPOLD BLOOM. É outro louco do irlandês James Joyce. Personagem principal do livro *Ulisses*. Vai entender...

Agradecimentos

Álvaro Prata, professor de engenharia da UFSC. Ex-reitor. Pelos contatos na universidade e leitura prévia.

Ana Paula Laux, jornalista, escritora e especialista em literatura policial. Me deu de colher trajes, cômodos e frases dos escritores irlandeses e ingleses dos séculos XIX e XX.

Caroline Soares Almeida, antropóloga e doutora da UFSC, pelos longos papos holandeses. E inspirações para Sarah Emily.

Débora Menezes, professora e doutora, pela simpática conversa sobre a física e o futebol. Da UFSC. Estudou em Oxford também. Saiu no G1 em junho de 2021: "Uma professora da Universidade Federal de Santa Catarina (UFSC) vai presidir a Sociedade Brasileira de Física (SBF). Débora Peres Menezes é a primeira mulher eleita presidente da organização, que começou a funcionar há 55 anos."

Dirce Waltrick do Amarante, ensaísta, tradutora, escritora e professora da UFSC, especializada em James Joyce. Riu muito do fato de eu usar personagens irlandeses tão próximos dela e tão distantes de mim.

Fiori Gigliotti, pelo começo e o fim.

Jorge Benjor, por quem "a galera agradecida se encantava".

Leonel Prata, pelas primeiras leituras. Irmão. Bom de palpites.

Leonor Silva, escritora, primeira mulher a ler. E, para minha surpresa, gostou. Achei que estava escrevendo só para homens tarados por futebol.

Juiz **Marcelo Ribeiro Dantas**, pelas sete páginas de pitacos e correções.

Matthew Shirts, compadre, brasilianista e escritor, participou da brincadeira do *gun doula*, gandula. E outras bobagens.

Maurício Vujanic (de Buenos Aires) e **José Maria Muzás** (de Zaragoza), pela perfeita explicação sobre o icosaedro truncado de Da Vinci.

Otto Glória (Rio de Janeiro, 1907-1986) foi o primeiro técnico — era afro-brasileiro — a ter a ideia de chamar negros para futebol, transformando o Benfica de Lisboa em campeão europeu. E, com os mesmos craques (Eusébio, Coluna etc.), eliminou o bicampeão Brasil e ficou em terceiro lugar na Copa de 1966. Aliás, na Inglaterra.

Pedro Bial morou muitos anos em Londres, como correspondente de guerra. Papos sobre gírias londrinas.

Sergio Antunes, para quem sempre mostro meus livros quando estão pela metade. Dá bons pitacos.

Silio Boccanera, diretamente de Londres, como bom jornalista, corrigiu uns errinhos de inglês e endereços da cidade.

Sir Nibaldi Hans Gerbasi, filósofo e escritor indescritível. Apresentou-me Sarah Emily Davies, o que equivale a todo o lado feminino do livro. E morou onze anos em Oxford, sapeando prêmios Nobel, tomando Guinness, nos *pubs*.

Tostão, como já foi dito, pelo texto de craque no livro *Física no futebol: mecânica*, de Marcos Duarte e Emico Okuno, dito na voz de Sarah Emily Davies.

Este livro foi composto na tipografia Minion
Pro, em corpo 12,5/18, e impresso em
papel off-white no Sistema Cameron da
Divisão Gráfica da Distribuidora Record.